담쟁이 인문학

김정겸 지음

도서출판
청어

담쟁이 인문학

김정겸 지음

발행처 · 도서출판 청어
발행인 · 이영철
영　업 · 이동호
홍　보 · 최윤영
기　획 · 천성래 ｜ 김홍순 ｜ 이용희
편　집 · 방세화 ｜ 이서윤
디자인 · 김바라 ｜ 서경아
제작부장 · 공병한
인　쇄 · 두리터

등　록 · 1999년 5월 3일(제22-1541호)

1판 1쇄 인쇄 · 2014년 1월 20일
1판 1쇄 발행 · 2014년 1월 30일

주소 · 서울시 서초구 효령로55길 45-8
대표전화 · 586-0477
팩시밀리 · 586-0478

홈페이지 · www.chungeobook.com
E-mail · ppi20@hanmail.net
ISBN · 979-11-85482-11-8 (03810)

담쟁이
인문학

자기보다 나를 더 사랑한 영구에게 이 글을 드립니다

가슴이 시리도록 사랑합니다. 몰랐습니다. 제가 당신을 그토록 사랑하는 줄 진정 몰랐습니다. 그래서 마음이 아픕니다. 사람이 살아가면서 이런저런 사랑을 하게 됩니다. 사랑이라는 정원을 잘 가꾸어야 아름다운 꽃이 많이 핀다는 사실을 간과했습니다.

정지용님의 「호수(湖水)」가 나의 심장을 요동치게 합니다.

'얼굴 하나야 손바닥 둘로 폭 가리지만 보고 싶은 마음 호수(湖水)만하니 눈감을 밖에'

그리워 그리워서 애가 끊어지듯 아픕니다. 저는 당신의 그리움을 몰랐습니다. 그걸 몰라서 미안합니다. 얼마나 힘들었을까요.

세상에 무엇인가 던져 버리는 것은 나의 신체 일부를 잘라내는 아픔과 같습니다. 사랑은 가슴과 신체 중 가슴으로 하는 것입니다. 그러나 저는 사랑을 머리로 했습니다. 그리워 눈이 짓물러져도 가슴은 그쪽을 향해 있을 것입니다.

그대에게로 향하는 저의 마음을 다음 노래로 표현하고자 합니다.

〈Let It Be Me〉 —Everly Brothers

I bless the day I found you 당신을 만난 그날은 축복입니다
I want to stay around you 당신 곁에 머물고 싶습니다
And so I beg you 그래서 당신에게 빌고 있습니다

Let it be me 당신 곁에 있게 해주세요
〈중략〉
Now and forever 지금뿐만 아니라 언제까지나 영원히
Let it be me 내 곁에 있어 주세요
Each time we meet love 우리가 만날 때마다 사랑을 했고
I find complete love 그때마다 나는 완전한 사랑을 발견합니다
Without your sweet love 당신의 달콤한 사랑이 없다면
What would life be? 내 생애는 어떻게 되었겠습니까?
So never leave me lonely 그러니 나를 혼자 버려두지 마십시오

덜 익어 찌그러진 옹기를 감히 내놓습니다

머리로 사랑한 미숙한 놈을 이 세상에 내놓습니다. 미숙하여 조심스럽습니다. 좀 더 많은 반성 끝에 이루어져야 할 놈이 툭 나왔습니다. 앞으로 좀 더 고민하고 좀 더 많은 사랑을 하고 좀 더 많은 경험을 통해 잘 빚은 질그릇을 만들도록 하겠습니다. 머리가 아닌 가슴으로 글을 빚도록 하겠습니다.

감사합니다

아버지, 어머니…… 자꾸 불러 보고 싶습니다. 그러나 여기에 안 계십니다. 수십 년을 그리워하며 눈물도 많이 지었습니다. 불러도 불러도 싫증나지 않는 아버지, 어머니께 이 책을 바칩니다.

김정겸

차 례

서문 ··· 4

1. 지혜의 샘

더하기, 빼기, 곱하기, 나누기 ································· 11
내 인생은 나의 것 —비소유적 온정 ··················· 15
아프니까 청춘이다? 아프지 마라, 아프면 미래를 놓친다············ 20
정상에서 만나자·· 24
정도(正道)와 외도(外道) —보편적 가치를 위해 ·············· 28
잘 살고 잘 죽는 것(Well-being, Well-dying)··············· 31
꿈 ·· 36
그리움과 두근거림에 대하여 ································· 40
물의 특성 ··· 44
사계절이 우리 삶에 주는 아름다움················· 48
영원한 사랑을 꿈꾸는가 ··· 52
사랑, 통(通)하라 ·· 56
밥 한번 먹자·· 60
개념돌을 기대하며·· 64
돈(錢)에 관한 철학 ··· 68
동의보감의 역설··· 72
매(梅), 난(蘭), 국(菊), 죽(竹) ································ 76
무궁화와 벚꽃··· 81
부러워하면 지는 것이다? ·· 85

2. 인생의 샘

인생의 참된 효과 −인문학 ················· 91

죽은 공자 되살리기 ··················· 94

신용사회 ······················· 100

힐링(Healing)에서 힐드(Healed)로의 사회를 꿈꾸며 ········ 103

예스, 위 캔(Yes, We can)! ··············· 107

송 포 유(Song for you) −나쁜 프로그램 ·········· 110

헤드십(Headship)에서 리더십(Leadership)을 기대하며 ····· 113

스마트(Smart)한 시대의 슬로우(Slow) −2G로 회귀하자 ···· 116

인생의 제어도 필요하다 ················ 120

웃음의 미학 ····················· 124

아이들의 문화를 알자 ················ 128

의혹 혹(或) ····················· 132

차별보다는 차이를 인정하는 사회로 ·········· 135

즐거워서 슬픈 날 ·················· 139

생각의 차이 −차이를 인정하자 ············· 143

숫자 1의 의미 ···················· 147

생각의 혁명을 꿈꾸며 ················ 151

인연에 대하여 ··················· 154

공무원은 오피셜(official)이어야 하는가? 서번트(servant)여야 하는가? 158

3. 철학의 샘

― 동양

장자의 사상··· 165
노자의 『도덕경』이 주는 시사점 ··························· 170
묵자의 겸애(兼愛)를 꿈꾸며 ································· 174
이황과 이이 ··· 177
맹자의 사단(四端)을 논하다 ································· 182
비워라(空) ··· 186
인간과 짐승의 차이 ·· 189

― 서양

아리스토텔레스가 오늘날 우리에게 주는 시사점 ······················· 193
동굴에서 벗어나자 ·· 199
빵이 사람을 지배한다·· 204
홀리스틱(Holistic)과 인간관계 ―위드(With) 운동을 전개하며 ········· 208
영혼과 육체··· 212
이데아(Idea)와 고기토(Cogito) ····························· 216
중용(中庸)은 아름답다 ··· 220

1
지혜의 샘

담쟁이
인문학

더하기, 빼기, 곱하기, 나누기

남의 흉한 일을 민망히 여기고, 남의 좋은 일은 기쁘게 여기
며, 남이 위급할 때는 건져주고, 남의 위태함을 구해주어라.
－명심보감

우리는 자주 이득 없이 손해만 보고 있다는 피해의식을 갖
는다. 필자 역시 고등학교 때 선생님 한 분 때문에 피해의식
에 사로잡혀 지금까지 괴롭게 살고 있다. 미성숙한 청소년의
정신세계를 다루기 때문에 교직은 다른 직업과 달리 전문직
이라고 하는가 보다. 교사들의 말 한마디가 미성숙한 청소년
의 정신세계를 지배하기 때문일 것이다.

세상을 아름답게 살아가기 위해서는 손해만 생각하지 말
고 증오를 없애야 할 것이다. 인생을 더하기, 빼기, 곱하기,
나누기로 살아갈 때 풍요로워질 것이다.

첫째, '더하기'의 삶을 살자. 더하기는 노블레스 오블리주 (noblesse oblige)를 하자는 이야기이다. 우리가 짊어져야 할 사회적 책임이 있다. 그것은 다름 아닌 돌봄 −사람들이 요즘 'care(치유)'라는 단어를 많이 쓰고 있는데 이는 자신들을 돌봐달라고 칭얼거리는 것이 아닐까?− 즉, 배려이다. 우리나라에 현재 부족한 부분이 이것이다.

신문에 기재되는 슬픈 사실은 '김밥할머니 전 재산 사회 기부'라는 기사이다. 왜 우리 사회는 꼭 김밥할머니여야 할까? 평소 대기업에서 흔쾌히 사회에 기부했다는 소식을 듣지 못했다. 오히려 탈세했다는 소리를 많이 듣는다. 아니면 법을 어긴 벌로 사죄하는 마음으로 어쩔 수 없이 사회에 기부한다. 그네들에게서 자발적인 사회적 기부를 했다는 소리를 언제쯤 듣게 될까?

더하기의 삶은 멀리 있는 것이 아니다. 봉사활동을 통해서 나눔과 배려를 실행할 수 있다. 이것이 노블레스 오블리주이다. 꼭 돈으로 하는 것이 아니다.

마음을 이 사회에 더하는 것이다. 더하기는 풍요로운 삶을 살게 해 주고 우리를 행복하게 해 준다. 더하기는 우리의 고달픔을 빼주기도 한다.

둘째, '빼기'의 삶을 살자. 기름진 탐욕, 시기와 질투, 갈등을 덜어내야 한다. 우리나라는 지금 갈등의 시대이다. 갈등은 마음에서 나온다. 서로 증오하는 마음이 있기에 함께하려고 하지 않는다. 자신의 말만 옳다고 주장 —변증법적 사고를 통한 하나 됨이 아니라 이분법적 사고— 하면서 다른 사람의 의견은 받아들이지 않는 이분법적 사유를 하니 '하나 됨'이 이루어지지 못하고 있다.

이제 이 증오를 없애자. 빼기의 삶이 손해를 보는 것이 아니다. 오히려 상대방에 대한 배려이며, 상호작용의 조화이다.

셋째, '곱하기'의 삶을 살자. 곱하기의 삶은 현재의 삶을 몇 배 더 풍요롭게 해 준다. 얼마를 더 곱할 것인가는 여러분의 몫이다. 함수 'y=f(x)'에서 'x'는 독립변수이다. 여러분이 독립변인으로 모든 행위의 원인이 되고 얼마만큼의 'x'를 투입하느냐에 따라 결과인 행복지수 'y'가 달라진다. 더 많은 행복을 누리고 싶다면 봉사를 더 많이 하고 증오를 줄여 나가야 한다.

넷째, '나누기'의 삶을 살자. 행복은 혼자의 것만이 아님을 명심하자. 우리는 사회적 동물이다. 제로섬게임(zero sum game)처럼 내가 행복할 때 다른 사람은 불행하지 않을지를 생각하자.

혼자 사는 것은 죽은 것이다. 내가 너와 더불어 살아가고 있음을 알 때 모든 행위가 의미 있는 것이다. 내가 행복한 것은 롤스(John Rawls; 미국의 사회철학자, 1921~2002)가 '정의론'에서 말하는 바처럼 '자연의 복권에 당첨' 되어서 그럴 뿐이다. 그러므로 그렇지 못한 사람들에게 나누어줄 필요가 있다. 김밥할머니의 나눔에서 나눌수록 행복해진다는 진리를 깨달아야 한다.

인생은 '사칙연산' 이다. 남에게 준다고(+), 모자란다고(-) 부족한 사람이 아니다. 내 것을 나눈다고(÷) 빼는 것(-)이 아니라 행복을 몇 배 곱해 주는(×)는 것이다. 사칙연산의 영리한 삶을 살자.

내 인생은 나의 것
―비소유적 온정

실존은 본질에 앞선다. 인간에게 정해진 운명이란 없다. 인
간의 생에 주어진 의미는 없고, 자기 자신이 가치를 부여해
가는 것이다.   ―사르트르

다음은 민혜경 씨의 〈내 인생은 나의 것〉이라는 노래 가사
의 일부이다. (아래의 가사는 필자가 필요에 따라 편집했음을 양해 바람)

[1절]

내 인생은 나의 것

그냥 나에게 맡겨 주세요

나는 모든 걸 책임질 수 있어요

하지 말라는 것은 하지 않았고
하지 말라는 일은 삼갔기에
언제나 나는 얌전하다고 칭찬받는 아이였지요

그것이 기쁘셨나요 저처럼
기르시면서 부모님의 뜻대로 된다고 생각하셨나요

[2절]
부모님이 부모님이 살아오신 그 길이
나의 인생은 될 수 없어요
그러나 이제 말하겠어요
부모님의 사랑을 다 주셨지만
나는 아직도 아쉬워하는데

이렇게 그늘진 나의 마음을 그냥 버려두지 마세요
그러나 내가 원하는 것도 부모님은 알아주세요

이 세상에 태어나고 싶어 태어난 사람은 아무도 없다. 우
리는 내던져진 존재이다. 이런 우리에게 어깨 무겁게 내려진
것은 삶이라는 커다란 돌덩이이다. 이 무거운 돌덩이는 나의

것이기 때문에 피하지 않고 그 무게만큼 짊어지고 하루를 터 벅터벅 살아간다. 그 삶을 누구의 것이라고 탓하지 않고 묵 묵히 살아가는 당신이야말로 진정한 실존(존재)이다. 이제 나 의 존재의 의미, 존재의 이유를 성찰해 볼 때이다.

하이데거(Martin Heidegger; 독일의 철학자, 1889~1976)의 '실존 주의'는 우리의 주체성, 결단, 책임을 주제로 하고 있다. 우 리 앞에 놓인 이 삶은 누구의 것도 아닌 나의 것이다. 이 세 상의 주인공은 '나'이다. 그러나 그 삶이 무겁다고 순간 내 려놓고 편해지려 하지 않는 것이 우리 인간이다. 그 무게만 큼 책임을 지고 삶을 슬기롭게 헤쳐 나간다.

순간순간이 나에게 있어 선택이다. 누굴 사랑하든, 어떤 정책 결정을 내리든, 어떤 종류의 식사를 하든……. 순간의 선택이 평생을 간다고 한다. 그 선택은 나의 주체적 결단에 의해 이루어지며 그 결정에 대한 모든 책임은 나에게 있는 것이다.

결정의 결과가 잘못되었다고 자책하지 말자. 왜냐하면 그 결과를 알 수 있을 때까지는 그 과정이 있을 것이고, 그 과정 이 아름답고 진실했다면 결과가 설혹 만족스럽지 못하더라 도 우리를 성숙하게 만드는 것이기 때문이다.

우리 아이들에게 주체적 결단을 격려해주자. 그래서 자기 주도적인 삶을 살 수 있도록 해주자. 그러나 그들에게 주체적 결단에 대한 책임도 있음을 알려주자.

우리 실존은 자유롭게 나의 필요에 따라 무엇이든 선택을 할 수 있다. 그러나 그 선택이 모두 최선일 수는 없다. 그 선택에 대한 결과가 자신에게 선(善)이든 아니든, 자신의 행위에 대해 책임은 자신이 지어야 한다는 것을 깨달을 때 훌륭한 민주시민으로서 성장해 나갈 것이다. 자신의 삶의 주도성을 격려해줄 때 창의적인 인간이 될 수 있다. 우리들의 그릇에 넣고 그 그릇의 모습을 닮아 가라고 한다면 붕어빵이지 않겠는가?

우리 아이들에게서의 집착을 버리자. 집착하는 순간 우린 아이들을 소유한 주인이 되고 만다. 실존은 누구의 소유물도 아니다. 소유했다고 하는 순간, 우린 비난과 비판을 하게 된다. 엄마의 자궁을 탈출하는 순간, 모든 이는 독립적인 인격체이다. 그렇다고 그네들을 사랑하지 말라는 이야기가 아니다. 사랑을 베풀되 소유하려 하지는 말자는 것이다. 이를 비소유적 온정이라 한다. 어른의 행복을 위해 아이들의 행복을 빼앗을 수는 없다.

행복은 우리 마음에 있다. 내가 행복하면 행복한 것이다.

해골 물로 유명한 원효대사(元曉大師; 617~686)는 이를 '일체유심조(一切唯心造)'라고 했다. 모든 것은 마음먹기에 있다는 것이다. 현재 우리는 행복한가? 나는 행복하다. 왜냐하면 나의 모든 것에 대해 내가 자유롭게 선택했고, 그걸 추구해 나가는 과정을 열정적으로 추구해 나가고 있으며, 그 과정이 아름답기에…….

모든 이가 아름다운 삶을 추구해 나가길 기원한다.

아프니까 청춘이다?
아프지 마라, 아프면 미래를 놓친다

청춘은 시속 300km의 케이티엑스(KTX)이다.　-김정겸

봄은 영어로 'spring'이다. 이는 샘솟는다는 의미를 갖고 있다. 얼어붙은 땅에서 새로운 기운이 샘솟듯 솟구쳐 오르는 시기이다. 봄에는 새싹이 움튼다. 그래서 젊음을 봄으로 비유한다.

그러나 어찌 봄만 좋으랴. 파릇한 봄만 있어서는 사계절이 종결될 수 없다. 풍성한 가을이 있기 위해서는 봄 다음에 화려한 여름이 있어야 한다.

여름을 한자로 풀면 '夏(여름 하)'이다. 이는 화려하게 꾸민 귀인의 모습에서 유래되었지만 훗날 화려함(華; 화)의 의미와

혼용되어 쓰였다. 여름은 화려함, 번창함, 무성함의 시기를 뜻한다.

음력 5월 5일은 민속 명절인 단오다. 음양으로 볼 때 홀수는 양(陽)이고 짝수는 음(陰)이다. 5월 5일은 양기가 겹치는 날로 완성한 활동을 하는 시기이다. 음력 5월은 양력으로 6월 즉, 여름의 시기이다. 따라서 청춘을 봄으로 비유하기보다 여름으로 비유해야 한다.

영어로 '여름(summer)'의 기원을 보면 인도유럽어 'su' 즉, 'hot'의 의미에서 찾아볼 수 있다. 여름은 가장 뜨거운 (hot) 시기인 것이다.

인생을 살아가면서 어찌 좋은 일만 있겠는가? 취업이나 대학 수시입학을 위해 반드시 써야 할 것이 자기소개서이다. 그런데 여기에는 두 가지 사항이 반드시 들어간다.

▶ 지금까지 도전해본 것 중 가장 열정을 가지고 몰두했던 것은?
▶ 살아오면서 가장 크게 실패하거나 좌절한 경험은?

이 내용은 당신이 얼마나 열정적으로 삶을 살아 왔는가를 보고자 하는 것이다. 열정을 가지고 몰두한 것에서 여름의 뜨거움을 느낄 수 있다. 뜨거운 열정은 가슴이다. '열(熱)'은 '더위'의 의미를 갖고 있다. '정(情)'에는 '마음(忄)'이 들어있다. 따라서 열정은 '의욕', '바람'의 의미가 있다. 실패나 좌절의 경험은 우리를 더욱 단단하게 만드는 것이다. 여름의 뜨거운 태양(열정)과 홍수나 가뭄(실패나 좌절)은 과일과 곡식을 좀 더 달고 알차게 만드는 조건들이다.

자신에 대해 관대하지 마라. 관대해지는 만큼 우린 아파만할 것이다. 우린 대부분 자신에게는 관대하고 타인에게 엄격하다. 느슨해질수록 그대들의 계획은 그만큼 미래로부터 멀어질 것이다. 우리가 사는 이 터는 전쟁터이다. 나에 대해 아파하는 연민을 갖지 말자. 그 아픔은 훗날 당신들의 열정이 이룩해 놓은 것으로부터 충분히 보상받을 것이다. 그렇다고 세상을 삭막하게 살아가라는 이야기는 아니다.

젊은 날 이런 실패나 좌절을 극복하기 위한 열정을 쏟아붓지 못한다면 어찌 풍성한 가을을 예약할 수 있겠는가?

젊은이들이여! 아파하지 마라. 아파할 시간에 그대들의 가까운 미래, 풍성한 가을을 위해 열정을 쏟아라. 물은 100℃

에서 끓는다. 아직 99℃이다. 1℃가 부족하다. 1℃의 열정이 그대의 미래를 바꿀 것이다.

정상에서 만나자

그 누구도 아닌 자기 걸음을 걸어라. 나는 독특하다는 것을
믿어라. 누구나 몰려가는 줄에 설 필요는 없다. 자신만의 걸
음으로 자기 길을 가거라. 바보 같은 사람들이 무어라 비웃
든 간에.　　　　　　　　　　　　– 영화 〈죽은 시인의 사회〉 중에서

우리는 자식이나 후배, 제자들에게 '훌륭한 사람이 되라!'
고 충고하고 일깨워 준다. 좋은 안내자는 좋은 방향지시등을
보여준다. 그러나 인생의 길잡이는 항상 그 자리에 있으면서
훌륭한 사람이 되라고 말하지는 않는지 뒤돌아볼 때이다. 자
신은 향상되지 못하고 그런 말을 한다면 그 말을 듣는 이가
그를 존경하지 않는다. 왜냐하면 물은 흐르지(향상되지) 못하
면 썩기 때문이다.

정상에서 만나자는 말이 꼭 출세하고 성공하라는 말은 아
니다. 그 자리에 고여 있는 물이 되지 말고 흐르는 물이 되어

자신을 언제나 향상시킬 수 있는 사람이 되라는 말이다. 이를 위해 필요한 조건은 노력과 능력이다.

웨이너(Bernard Weiner; 캘리포니아 대학 심리학 교수)에 의하면 능력과 달리 노력은 우리가 얼마든지 통제가 가능하기 때문에, 어떤 일에 대한 성공과 실패를 노력으로 귀인 시킬 것을 강조한다. 즉 성공과 실패의 탓을 조상 탓으로 돌리지 말고 내 탓으로 돌리라는 것이다. 내가 열심히 노력하지 않아서 실패한 것이지 재수가 없어서도 아니고 문제가 어려워서도 아니라는 것이다.

맞는 말이다. 그러나 웨이너가 잘못 본 한 가지가 있다면 능력에 대한 견해이다. 능력은 우리가 통제할 수 없는 것으로 본다. 따라서 무엇인가에 실패를 했을 때 무력감에 사로잡힐 수밖에 없다. 드웩(Carol Dweck; 스탠포드 대학 심리학 교수)이라는 사람은 이 점을 확인하고, 능력을 우리가 스스로 통제할 수 있는 것이라고 보았다. 따라서 현재 자신의 능력에 대해 자신감이 낮더라도 도전을 추구하고 높은 지속력을 갖는 성취행동 지향성을 갖게 된다.

도전정신은 자신의 능력에 대한 믿음에서 나온다. 도전(挑戰)이라는 단어에서 '도'는 기분, 의욕을 부추긴다는 의미이다. '도(挑)'라는 단어는 '손(扌)' + '조짐(兆)'이다. 조짐의 '조

(兆)'는 거북이 등껍질이 갈라져서 터져있는 형상으로, 이 갈라진 모양을 보고 점을 친다는 의미를 갖고 있다. '도(挑)'는 손으로 이렇게도 예측해보고 저렇게도 예측해보며 다양하게 움직이는 것이다. 그렇기 때문에 무엇인가에 도전을 한다고 할 때는 노력이 밑바탕이 될 수밖에 없다. 그 노력은 '할 수 있다' 라는 자신의 능력에 대한 믿음을 통해서 나타난다. 능력은 선천적인 것이 아니다. 능력은 얼마든지 개발하고 향상시킬 수 있는 것이다.

나 자신의 정신적 향상을 위한 끊임없는 도전은 자신을 강건하게 해준다. 왜냐하면 '향상' 이라는 말에 '움직임' 을 갖고 있기 때문이다. 호수 위의 백조는 우아하기만 할까? 그 백조는 우아해 보이기 위해 보이지 않는 물속에서 끊임없이 발길질을 한다. 이처럼 우리 영혼의 길들이기는 부단한 노력에 의해 이루어지는 것이다. 훈련된 영혼은 우리를 향상시킬 것이다.

물은 위에서 아래로 흐르는 것이다. 공부란 물을 거슬러 올라가는 배와 같아서 끊임없이 노질을 하지 않으면 배는 뒤로 물러나게 된다. 이처럼 우리의 일상은 끊임없는 노질의 연속이다. 자기계발을 위한 노질을 하지 않는다면 후회하는 삶을 살게 된다.

물이 고여 있으면 썩는 것처럼 영혼의 향상을 위해 노력하
는 자가 되라. 그런 자가 정상에 있는 자이다. 구르는 돌은
이끼가 끼지 않는 법이다.

정도(正道)와 외도(外道)
─보편적 가치를 위해

정도는 자신의 정신세계이다.   ─김정겸

도(道)란 '길', '지켜야 할 것'을 의미한다. '길'의 의미에서 '지켜야 할 것'의 의미를 찾아볼 수 있다. 우리 인간은 가야 할 길이 있다. 반드시 지켜야 할 것이 있다. 그것이 정도(正道) 즉, 올바른 길이다. 이 정도에는 윤리(倫理)라는 말이 깊숙이 자리를 잡고 있다.

'도'라는 단어 앞에는 '부부에 관한 도', '자식으로서의 도'와 같이 '~에 관한', '~로서의'이라는 형용사가 많이 붙는다. 그만큼 도는 우리 일상의 삶에서 중요한 위치를 차지하고 있다. 동양 사상가들은 다양한 관점에서 도의 논리를

펴나갔다. 공자는 인(仁), 맹자는 의(義), 순자는 예(禮) 등으로 자신의 철학을 전개하였다.

이 세 사람이 주장한 인, 의, 예는 우리 인간이면 반드시 갖추고 실현해 나가야 할 길인 것이다. 이러한 올바른 실천이 정도인 것이다. 노자는 도덕경 첫머리에서 '도란 말로 할 수 있는 것이 아니다(道可道非常道 名可名非常名)'라고 말했다. 도를 언어적으로 개념화하기에는 한계가 있는 것이다.

도는 우리가 따라가야 하는 보편적 가치이다. 자유와 평등은 전 세계 누구에게든 보편적 가치로 작용하고 있는 것이기 때문에 이것이 자유고 이것이 평등이라고 말을 할 필요가 없다. 언어적으로 자유와 평등을 규정하게 되면 그 순간부터 '자유는 이렇게 하는 것'이고 '평등은 이런 것'이라는 것이 되기 때문에 그 규정에 어긋나면 자유와 평등이 아닌 것이 되는 것이다. 이것이 '도가도비상도 명가명비상명(道可道非常道 名可名非常名)'이다.

따라서 도는 우리가 반드시 따라야 하는 보편적 도덕의 원리가 된다. 칸트의 도덕법칙에 정언명법(定言命法)에 해당되는 것이다. 가언명법(假言命法)의 예는 도덕적 윤리 판단의 기준이 될 수 없다. '당신이 나를 국회의원으로 당선되도록 한표 찍어주신다면, 지역 발전을 위해 노력하겠습니다'라고 말했을 때를 가언명법이라고 한다. 이것이 도덕적이 될 수 없는 이유는 자신이 원하는 목적인 국회의원이 되기 위해 남을 이용했기 때문이다. 절대적이고 보편적인 가치가 아닌 자기 이익이라는 상대적 가치로 상대방을 속인 행위가 된다.

칸트는 이성이라는 절대적 가치를 강조한다. 따라서 '인간이 이성을 지녔기 때문에 절대적 가치를 지닌다'라고 말한다. 칸트에게 있어 절대적 가치는 '선의지(善意志, Good will)'라고 한다. 이런 선의지가 바탕이 된 삶의 원칙이 보편적으로 받아들여지는 것을 정언명법이라고 한다. 정언명법은 누구에게나 공통적으로 인정되고 받아들여질 수 있는 보편적 가치, 즉 정도(正道)인 것이다.

윤리(倫理)란 '사람으로서 마땅히 지키거나 행해야 할 도리나 규범'이고, 인륜(人倫)이란 '사람으로서 지켜야 할 순서'라는 뜻으로 부모와 자식, 남편과 아내 사이에 지켜야 할 도리를 말한다. 또한 천륜(天倫)이란 부자, 형제 사이에 마땅히 지켜야 할 도리를 말하는 것이고, 패륜(悖倫)이란 사람으로서 지켜야 할 도리에서 벗어날 때를 말하는 것이다. 따라서 정도는 '윤(倫)'을 의미하는 것이다. 윤에서 벗어날 경우 외도(外道)가 되는 것이다.

잘 살고 잘 죽는 것
(well-being, well-dying)

각자의 일생은 전쟁이다. 장기간에 걸친 다사다난한 전쟁
이다.　　　　　　　　　　　－에릭 테토스(그리스 철학자)
나는 죽음이 또 다른 삶으로 인도한다고 믿고 싶지는 않다.
그것은 닫히면 그만인 문이다.　　　－알베르 카뮈(소설가)

　우리의 하루하루 삶은 전쟁이다. 살벌한 전투가 이루어지
는 곳이다. 내가 남을 죽이지 않으면 내가 죽임을 당하는 곳
이다. 프리드만은 신자유주의의 도태를 주장하였다. 신자유
주의란 시장경제의 원리를 도입함으로써 발전을 도모하는
것이지만, 결국 내가 남을 누르지 못하면 눌림을 당하고 도
태한다는 것을 고상하게 표현한 말이다.

　몇 해 전에 광풍을 일으킨 사회적 현상으로 레드오션(red
ocean)과 블루오션(blue ocean)이 있었다. 레드오션은 우리말
로 말하자면 '피바다'이다. 처절한 경쟁을 거쳐 살아남아야

하는 경쟁사회를 일컫는 말이다. 이런 '피바다' 사회에서 '잘 산다(well-being)'는 말은 무엇을 의미하는가?

'잘 산다'의 'well-being'은 '참 좋은(well) 존재(being)'이어야 함을 전제하고 있다. 맛있는 음식, 건강해지는 음식을 먹는다고 '잘 사는 것'이 아니다. 이성적 영혼을 가진 우리 존재가 '잘 산다는 것'은 이성적 행복을 향유한다는 것을 의미하는 것이다. 정신적으로 내가 행복함을 누릴 때 내 신체 모든 것이 잘 작동하는 것이다.

우리나라 70대 이후 노년층은 10년 동안 병들어 고통을 받으며 살다가 죽는다는 연구결과가 발표되었다. 우리나라의 고통지수가 경제협력개발기구(OECD) 국가 중 가장 높다고 한다. 고통지수를 줄이고 행복지수를 높일 수 있는 가장 좋은 방법은 마음을 편안히 하는 것이다.

모든 병의 근원은 마음에서 온다고 한다. '참 좋은 존재'로서의 위상은 마음을 편안히 하는 것이다. 마음을 편안히 하기 위해서 해야 할 일이 있다.

첫째, 자신을 스스로 통제할 줄 알아야 한다. 분노를 피하는 것이다. 분노하면 자기 파괴적이 된다. 분노가 커지면 마음의 상처도 더욱 깊어지게 된다. 결국은 스스로를 파멸시키게 된다. 더불어 살아가는 존재로서 '나'는 분노 조절의 실패로 인해 타인으로부터 기피대상이 된다. 슬픈 존재가 되는 것이다.

둘째, 늘 향상되려는 노력을 해라. 우리 인간이 무엇인가를 배우려고 하는 것은 학습욕구도 있겠지만 내가 '리셋(re-set)' 되기 때문이다. '업그레이드(up-grade)' 시키려는 자신의 노력에서 행복한 향수가 분출된다. 당신의 몸에서 향기로운 냄새가 난다.

40대 이후의 얼굴은 자신의 책임이라고 한다. 이 말은 화장을 해서 가꾸라는 것이 아니라 내면의 아름다움을 위해 노력하라는 것이다. 내면이 아름다운 사람은 얼굴 모습도 아름다워진다. 장미는 아름답지만 시들면 가시만 더 예리해진다. 시든 장미의 예리한 가시를 무딘 가시로 바꾸는 방법은 자신의 내면을 들여다보고 반성해 보는 것이다. 이때 난 참된 존재가 된다.

셋째, 좋은 사람과 교제를 해라. 원효의 훈습(薰習)처럼 좋은 향기가 나는 사람과 어울리면 내 몸에 좋은 향기가 배는 법이다. 좋은 향기를 가진 사람은 다른 사람이 힘이 나게 하고 무엇인가를 행하게 하는 동기를 부여한다. 동기는 욕구이다. 좋은 동기를 가진 사람은 자신을 발전시키기 위한 욕구를 갖고 삶을 활력 있게 살아나간다.

잘 산다는 말이 너무 추상적이었는가? 단순히 좋은 음식을 먹는 것이 잘 사는 것이라면 모든 사람들이 백 세, 천 세를 살지 않겠는가? 잘 산다는 것은 위에서 언급한 마음의 아름다움에 있는 것이다. 따라서 '웰빙'은 아름다운 마음을 갖는 존재라는 의미이다. 시기와 증오는 마음을 다치게 하고 상처받는 영혼을 갖게 한다. 사랑하는 마음을 갖고 살아가는 것이 '참살이'이다.

잘 죽는다(well-dying)는 것은 무엇일까? 역시 신체적으로 죽는 것을 의미하는 것은 아니다. 'dying'라는 단어에서 '~ing'가 붙어있다. '죽었다'라는 단어는 이미 완료된 상태이기 때문에 어떤 다른 행위를 이야기할 수 없다. 이미 죽어 없어진 자에게 무엇을 더 요구할 수 있겠는가?

'~ing'가 붙어 있다는 것은 매일이 죽음에로 다가가고 있음을 의미하는 것이다. 따라서 하루하루가 재미있고 의미가 있어야 '잘 죽는다'가 되는 것이다. 참된 죽음에 이르는 길은 자신의 헛된 욕구나 욕망을 내려놓는 것이다. 헛된 것이란 아무런 보람이나 뜻이 없다는 것으로, 영어 단어로는 'fruitless'이다. 'fruit'는 '과일', '열매'이고 '-less'는 '없다'는 뜻이다. 다시 말해 실(實; 열매)없다는 것이다. 실없는 일에 매달리는 것은 자신의 에너지를 과소비하는 것이다.

참된 일에 몰두할 때 하루하루가 참된 것이다. 이것은 곧 성실을 의미한다. 잘 죽는다는 것은 하루하루와 반드시 관계를 갖는 것이기 때문에 현재에 충실한 삶이 전제되는 것이다. 우리는 언제 죽음을 맞이할지 모른다. 어디에서 죽을지도 모른다. 시공을 초월한 이 죽음의 문제를 미래와 관련지어 생각할 필요가 없다. 현재 어느 장소에서든지 열정을 쏟아 붓고 성실하게 살아가는 삶이 잘 죽는 법이 되는 것이다.

잘 사는 것이지 잘 살았다가 아니지 않은가? 잘 사는 것은 현재이고 잘 살았다는 과거로 타인이 나를 평가할 때 사용되는 것이다. 따라서 잘 죽어가는 것이지 잘 죽었다가 아니다.

꿈

꿈은 머리로 생각하는 것이 아니라, 가슴으로 느끼고 손으로 적고 발로 실천하는 것이다.   -존 고다드(탐험가)

'꿈'이라는 단어는 미래지향적인 단어이다. 꿈은 현재에 꾸고 있는 것이지만, 앞으로의 설계에 해당된다. 설계는 기초가 튼튼해야 한다. 그래야 멋진 건물을 설계할 것이다. 설계가 잘 되었을 경우 건물 즉, 꿈의 실현이 된다. 꿈은 희망이다. 희망은 열정과 결합되어야만 그 진가를 드러낼 수 있다.

'청년이여, 꿈을 가져라(Boys, be ambitious)'라는 문장에서 꿈은 야망을 갖는 것을 말한다. 야망이란 어감상의 부정적 의미는 제거하자. 야망은 앞날에 큰일을 이루고자 하는 소망을 의미한다. '망(望)'은 '바란다'는 뜻으로 희망을 의미한다.

꿈은 사람을 보다 정열적이게 하고 생동감을 준다. 꿈을 실현하기 위해 적극적인 활동을 하게 된다. 적극적 활동을 하기 위해 많은 생각을 하고 계획을 세우게 된다. 이를 '메타인지(Meta-認知)'라고 한다.

몸은 늙었으되 끊임없이 꿈을 추구하는 자는 젊은이다. 꿈을 실현하기 위한 두뇌 활동은 활발해지게 된다. 뇌에 상당한 주름이 잡혀 있을 것이다. 반면에 몸은 젊었지만 꿈이 없는 사람은 늙은이다. 꿈은 계획을 갖게 하고, 그 계획을 실현하기 위해 부단한 움직임을 갖게 한다. 가만히 앉아서 이루어지는 것은 없다.

'최선을 다한다(Do one's best)'라는 영어 문장에는 'Do(행하다)'란 단어가 있다. 관념적이고 정태적인 삶은 죽은 것이다. 동사형 인간이야말로 적극적인 삶을 살아가는 사람이다. 적극적 삶이란 열정이다. 능동적이고 주체적인 삶이 적극적 삶이다. 이 세상의 주인공은 '나'이다. 내가 나의 세계를 어떻게 운영할 것인가?

운영(運營)의 '운(運)'은 '움직이다'의 의미를 갖고 있는 것이다. 움직이게 해 주는 것은 '나'이다. 따라서 내가 어떤 계획을 갖고 움직이느냐에 따라 나의 현재와 미래가 달라진다.

행복과 행운은 차이가 있다. 행복은 생활에서 기쁨과 만족감을 느껴 흐뭇한 마음의 상태를 의미한다. 행운은 좋은 운수를 의미한다. 운수란 인간이 통제할 수 없는 것이다. 그리고 상황에 따라 바뀌는 불안정적인 것이다. 그런데도 우리 인간은 행복보다는 우리가 전혀 통제할 수 없는 행운만을 추구한다.

행운은 노력 없이도 이루어질 수 있지만, 우리의 의지대로 될 수 있는 것이 아니다. 말 그대로 하늘에서 뚝 떨어지는 것이다. 대통령이 되는 것은 운이 좋아서 되는 것일까? 운만 좇는 사람은 성공할 수 없다. 어떤 결과에 대해 항상 운 핑계만 대기 때문에 노력을 하지 않는다.

잘되면 내가 잘해서이고 못되면 조상 탓하는 사람은 행복함을 모른다. 행복은 모든 노력을 경주하는 과정에서 얻게 되는 것이다. 행복은 나의 꿈을 추구해 나가는 과정 속에 있는 것이다.

행복 추구를 위해 노력하는 자신의 삶의 과정에 대한 사랑이 없는 사람은 로또 복권 당첨만 노리고 진취적으로 살려고 하지 않는다. 이런 사람은 세 잎 클로버를 짓밟으며 네 잎 클로버만 찾으려고 한다. 세 잎 클로버는 행복이고 네 잎 클로버는 행운이다. 꿈을 세워놓고 그것을 실현하기 위해 하루하루 최선을 다해 살아가는 행복(세 잎 클로버)을 모르고 오로지

요행(네 잎 클로버)만 바란다.

세상에는 대가라는 것이 있다. 나에게 주어지는 대가는 다르게 다가온다. 내가 열심히 산만큼 행복이라는 대가가 주어질 것이다. 그러나 일확천금이나 노리고 공부도 하지 않으면서 성공하길 바라는 사람에게는 쪽박이라는 대가가 주어질 것이다.

미래의 보다 나은 삶의 질 향상을 위해, 미래의 보다 좋은 대가를 얻기 위해 노력해야 한다. 그 노력은 막연한 노력이 아니다. 보다 구체적인 노력을 해야 한다. 그러기 위해서는 계획을 세워야 한다. 계획이란 어떤 목적을 놓고 세우는 것이다. 그 목적은 꿈이다. 매일 꿈을 위해 난 얼마만큼의 노력을 하고 있는가를 물어보기로 하자.

그리움과 두근거림에 대하여

얼굴 하나야 손바닥으로 포옥 가릴 수 있지만 보고 싶은 마
음 호수만 하니 두 눈을 꼬옥 감을 수밖에
— 정지용의 시 「호수」

손바닥으로 가릴 수 있다는 조그마한 얼굴이 그립다. 그
손바닥을 치우면 될 것을 자존심이 허락하지 않는다. 그립다
는 것이 꼭 얼굴만을 이야기하는 것이 아니라 그 사람 자체
를 보고 싶어 하는 것이리라. 그 사람의 얼굴, 말투, 웃음, 걸
음걸이, 먹는 모습 등 그 모두가 그리운 것이리라.

그리워 매일 보고 싶은데 그렇지 못해 서글프다. 그리워
매일 손잡고 다정다감한 이야기를 나누고 싶은데 그렇지 못
해 더욱더 그립다. 그러나 보고 싶은 사람을 내 마음 한 구석
에 넣어두고 평생을 살아가는 것도 행복하리라. 그 모습이

영원히 나의 가슴속에 남아 있을 테니까. 그 사람의 향기와 더불어 모든 추억이 호주머니 가득히 채운 땅콩처럼 내 가슴속에 고소하게 남아있을 것이다.

'보지 않으면 마음도 멀어진다(Out of sight, Out of mind)' 라고 누가 말했는가? 보지 않을수록 그 그리움이 더 깊어지고 그 사람의 체취를 더 맡고 싶은 것을 모르고 하는 소리이다. 그 그리움은 항상 마음속에 있기에 죽어서나 없어지리라. 매일 더해지는 그리움은 그냥 더하기가 아니라 곱하기일 것이다. 생각할수록 꼬리를 무는 추억이 더 슬퍼진다.

세상에는 많은 만남과 헤어짐이 있다. 만남과 동시에 헤어짐이 전제가 된다. 탄생과 더불어 죽음이 전제가 되듯이 그리움의 출발은 행복과 슬픔을 동시에 갖게 되는 모순적 관계를 갖고 있다. 그리움은 종착역 '헤어짐' 에 대한 아쉬움이다. '아쉽다' 는 것은 과정은 괜찮았는데 마무리가 미진할 때 주로 쓰인다. 사랑하는 사람이 숨을 거둘 때 자리를 지키지 못한 경우도 아쉽다. 이승에서의 만남을 끝맺음 지어야 하는데 그렇지 못해서 늘 그리운 것이다.

이처럼 사람들 간의 관계에 있어서도 헤어질 때 아쉬운 부분이 많다. 서로 얼굴 보면서 그간의 과정을 되새겨 보고 행복했든 불행했든 그 과거를 먹는 것도 좋다. 왜냐하면 그 과거는 그 관계의 역사이기 때문이다.

'아쉽다'의 영어 단어는 'miss' 또는 'feel inconvenienced by the lack of'으로 표현한다. 'miss'는 '그리워하다'라는 뜻이 있다. 후자는 '무엇에 대한 미진함으로 마음이 편하지 않다'라는 뜻을 갖고 있다. 정확한 표현이다. 헤어짐은 어느 한쪽의 일방적인 것이 많아서, 하고 싶었던 말을 다하지 못하고 돌아서기 때문에 아프고 아련하다. 그래서 더욱더 그리워한다.

초록의 봄날에 싱그럽고 풋풋한 만남으로 여름의 열정을 갖고 뜨거운 사랑을 했다면 그 나뭇잎의 가을색이 풍요로워지는 것이 인생이다. 그러나 어찌하리. 이 가을이 지나면 저 아름다웠던 가을색이 없어지고 하나씩 자신을 대지로 돌려 의지했던 몸을 떠난다. 회색의 겨울이 오리라. 그래서 마음이 더 아프리라.

만남이 있으면 헤어짐도 있으니 이를 받아들이자. 그러나 어찌 헤어짐으로 끝나리오. 또다시 봄은 오기 마련이다. 새로운 탄생이 있지 않은가? 새로운 만남이 있지 않은가? 그리움이 아쉽다면 새로운 만남은 두근거림이 아니겠는가?

미지의 모습에 가슴이 뛴다. 그 사람은 어떤 모습으로 나에게 다가올까? 그 사람은 어떤 향기를 갖고 있을까? 가슴이 두근거린다. 심장박동수가 빨라진다. 얼굴이 뜨거워진다. 그를 볼 때마다 새로움이 나를 흥분시킬 것이다.

이제 나는 새로운 만남을 준비한다. 그녀의 눈짓에 몸짓에 눈멀고 귀가 멀어도 좋으리라. 12월이면 한 해가 마무리되는 시기이다. 12개월을 사계절로 나누어 생각한다. 12월 겨울에 난 또 다른 만남을 기대한다. 새로운 봄의 향연이 이루어지리라.

물의 특성

물은 그 근원에서 졸졸 솟아 밤낮없이 흘러서 파인 웅덩이
가 있으면 채우고 후에 넘쳐흘러서 바다까지 흘러간다. 마
치 근본을 속으로 기른 뒤에 활동하는 모습과 같다.

— 맹자(동양철학자)

물(水)은 인류 문명 발달의 근원지가 되기도 한다. 이집트,
메소포타미아, 인더스, 황하의 4대 문명은 강과 밀접한 관계
를 갖고 있다. 우리나라는 한강의 기적, 독일은 라인 강의 기
적이라고도 한다. 우리나라 고대 국가들의 특징을 보면 한강
유역 차지를 위해 영토를 확대해 나가기도 하였다.

치산치수(治山治水)는 통지자의 덕(德)과 관련되어 있다. 치
산치수란 가뭄과 홍수 등 자연재해를 예방하기 위해 산과 강
을 잘 다스려야 한다는 것이다. 치산치수에 실패한 통치자는
새로운 정권을 탄생시키는 단초가 되기도 한다.

인간 생명을 유지하는데 있어서도 물은 절대적 존재이다. 인간은 10개월 동안 엄마의 자궁에서 영양분이 가득한 물(양수[羊水]) 속에서 자란다. 성인 신체의 70%가 물로 이루어졌다고 한다. 따라서 물은 생명수인 것이다.

물의 특성을 모르면 무엇이든지 거스르게 된다. 학문도 그러하다. 학문이란 물을 거슬러 올라가는 배와 같아서, 계속 노질을 하지 않으면 그 배는 흘러 내려가듯 후퇴하게 된다(학문여역수행주부진즉퇴[學問如逆水行舟不進則退]). 물은 이처럼 위에서 아래로 내려가는 것이다. 우리 인간의 본성도 물과 같은 습성을 갖고 있다. 따라서 인위적으로 물의 자연성(自然性)을 방해하면 −예를 들면 댐을 세우는 것− 악해지게 된다(루소의 자연성).

학교교육과 관련하여 보면 인위적인 댐은 학교의 규칙이나 제도로 볼 수 있다. 제도나 규칙으로 학습자를 억압하게 되면 아동의 본성인 자연성이 가로막히게 되어 창의력이 발현될 수 없다.

물은 고여 있으면 썩는다. 왜냐하면 물의 활동성 때문이다. 물은 위에서 아래로 내려오는 활동성을 갖고 있다. 물을 가두어 놓게 되니까 녹조현상이 벌어지는 것이다. 이는 물의 자연성을 거스른 것이다.

따라서 물은 자신들의 자연성에 어긋남에 대해 우리에게 표출하기 시작한다. 그것이 녹조현상이고 녹조는 물고기의 집단폐사와 식수 불가의 문제를 발생시킨다. 자연의 반란이다. 자연의 반란은 인간 생명을 위기로 몰고 간다. 자연은 자연 그대로 두었을 때 자신의 본래 모습을 가장 자연스럽게 내보여준다.

자연에 인위적인 것이 쌓이기 시작하면 자연은 자신의 본래 모습을 잃게 되어 심각한 문제가 생기게 된다. 자연스러운 웃음이 좋지, 인위적인 웃음은 보기 흉하지 않은가? 그 인위적인 웃음에 정치적 의도가 깔려있느니 없느니 하고 많은 문제를 제기하지 않는가?

자연이 화가 나면 인간 재앙을 불러일으킨다. 가장 대표적으로 물이 화가 나서 벌어진 재앙이 '이타이이타이병' 이다. 이는 광산에서 폐수를 유출했고 그 폐수의 카드뮴 때문에 그 지역 주민들이 병을 앓은 것이다. '미나마타병' 도 미나마타 공장에서 흘려버린 폐수를 먹고 자란 패류를 먹은 미나마타만 연안 주민들이 수은 중독으로 등이 굽는 등의 질병을 야기한 사건이다.

자연파괴는 인간파괴이다. 자연은 순수하다. 거짓말을 할 줄 모른다. 자연의 본디 그러함, 즉 '스스로 그러함(自然)' 이

드러날 수 있도록 기다려야 한다. 이런 의미에서 4대강 사업은 미래의 안목에서 볼 때 득이 될 수도 있지만 해가 될 수 있는 요소를 갖고 있다. 이미 이루어진 것이라면 훗날 그로 인해 해를 당하지 않기 위해 철저한 수질 관리를 해야 할 필요가 있다.

사계절이 우리 삶에 주는 아름다움

겨울이 잠이고, 봄은 탄생이며, 여름이 삶이라면, 가을은 숙고의 시간이 된다. 한 해 중 잎이 떨어지고, 수확이 끝나며, 사철 식물이 지는 때이다. 대지는 이듬해까지 장막을 친다. 이제 지난 일을 가만히 되돌아볼 때이다. ─미첼 버제스(작가)

사계절은 우리 몸이 느끼는 가장 확실한 감각이다. 각 계절이 우리에게 주는 감동은 철학적이고 시적이다. 사계절을 갖고 있는 우리는 각 계절마다 다른 옷을 입는 것처럼 각기 다른 모습의 음유시인이 되고 철학자가 된다. 그것들이 비록 터무니없는 것일지라도 나를 존재하게 해 주는 언어이니 어찌 아름답지 않을 수 있으랴!

봄! 싱그럽다. 봄(春)의 글자는 움직일 '준' 자로 읽히기도 한다. 만물이 생동하는 시기이고 동토(凍土)에서 마음껏 기(氣)를 발휘하여 움터 나오는 힘이 있는 놈이다. 그래서 봄은 청춘(靑春)이다. 청(靑)은 '푸르다'의 의미가 있고, 춘(春)은 봄 그 자체이다. 젊은 시절의 패기는 하늘을 찌르는 듯하고 그 기(氣)가 만물을 싹트게 한다. 그 싹튼 잎을 보라. 얼마나 힘이 있고 푸른가. 청춘은 이런 것이다.

여름! 여름 하(夏)의 부수(夊)는 '천천히 걸을 쇠'의 의미를 갖고 있다. 여름은 덥다. 여름의 색깔은 빨강이다. 태양이다. 따라서 여름은 열정(熱情)이다. 열정은 인간을 움직이게 해 주는 동인(動因)이다. 무엇이든지 첫 번에 이루어지는 것은 없다. 첫 술에 배부르랴. 열정만 갖고 목표를 추구해 나간다면 느릿느릿 걸어도 황소걸음이다(slow and stead wins the race). '천천히 걸을 쇠'의 의미를 알 것 같다.

가을! 가을 추(秋)에서 보듯이 풍요로움의 시기이다. '禾' + '火'로, '벼(禾)'를 '불(火)'에 익혀먹은 시기이다. 물질적으로 풍요로울 뿐만 아니라 정신적으로도 풍요롭다. 봄에 씨앗 뿌려 여름의 뜨거운 태양에 익어 가을에 추수하여 익혀 먹는다. 가을에는 색이 다양하다. 이 시기에 새로운 임을 만날 때는 분홍 옷으로 갈아입고 누군가가 보고 싶어 가슴이 탈 때는 빨강색으로 갈아입는다.

우리 마음이 알록달록하다. 봄과 여름이 모두 푸른색 하나라면 가을은 색동옷으로 갈아입은 어여쁜 처녀의 색깔이다.

이때 우리는 색동옷의 색깔만큼이나 다양한 생각을 하고 철학자가 된다.

겨울! 춥다. 먹을 것, 입을 것이 없어서 추운 것이 아니다. 겨울이 춥다는 생물학적 해석은 하지 말자. 역설적으로 겨울은 다음 봄을 위해 자신의 모든 것을 내주는 시기이다. 벌거숭이가 된다. 가리는 것이 없다. 속이지 않는다는 것이다. 나의 모든 것을 네가 볼 수 있기에 가장 순수한 시기이다. 겨울에는 가진 것이 없어서 흉한 것이 아니다. 오히려 모든 것을 내주어서 아름답고 다음 계절을 잉태하고 있어 고귀하다. 겨울은 어머니의 자궁이다.

노년기를 겨울로 표현하는 것은 잘못되고 슬픈 일이다. 우리는 죽는 순간까지도 살아있다. 따라서 삶에는 끝이 없는 것이다. '끝이다'는 없어졌다는 말로, 숨을 쉴 수 없을 때 '없어졌다'가 된다. 숨을 쉬고 있는 동안은 산 것이다. 따라서 우리가 '산다'는 것은 영원한 것이다. 이 영원하고 고귀한 삶을 허접스럽게 보낼 수 없다. 청년이든, 중년이든, 장년이든, 노년이든 모든 이의 삶은 고귀하고 참된 것이다. 청년은 푸르러 활기차고, 중장년은 풍요로워 아름답고, 노년은 내줄 수 있고 포용할 수 있어 지혜롭다.

자신의 삶이 드러나는 계절은 역사이다. 지금 우리의 역사

를 올바르게 쓰기 위해 매순간 내게 다가온 일에 열중하고
몰두하자.

영원한 사랑을 꿈꾸는가

연애는 누구나 자신을 속이는 데서 시작하고 남을 속이는 데서 끝나는 것이 보통이다. 이것이 지상에 일컬어지는 로맨스이다.　　　　　　　　　　　－오스카 와일드(소설가)

현실을 뜻하는 영어 단어는 '리얼리티(reality)'이다. 그런데 이 리얼리티는 철학적으로 '실재(實在)'로 번역된다. 철학에서 실재는 형이상학적 근거를 갖고 있다. '실재란 무엇이냐?'에 대해 '정신'이라고 말하면 관념론, '변화'라고 말하면 진보주의 등으로 쓰인다.

이런 철학적 의미의 실재 개념을 처음 도입한 사람은 플라톤(Platon)이다. 플라톤은 세상을 크게 두 개로 쪼개어 이데아(Idea) 세계와 그 반대편의 현실 세계로 나눈다. 영원하고 완전한 것은 이데아 세계에 있는 것이고 우리가 살고 있는 현실 세계에는 없다. 있어도 불완전한 것이다. 현실 세계는 변화하는 세상이기 때문이다.

현실 세계를 살아가면서 누군가와 사랑을 나눈다. 그러면서 항상 하는 말이 '우리사랑 영원하길…….' 이다. 그러나 현실세계에서 완전하고 영원한 것은 없다고 앞서 말하지 않았는가. 이데아적인 영원성을 가진 사랑은 없다. 무너지는 모래성을 만드는 것이 사랑이다.

다음은 10회 강변가요제 은상 수상곡인 〈홀로된 사랑〉이라는 노래 가사의 일부이다.

난 믿었어, 우리 사랑이 영원하길
빙빙빙 맴돌다 떠난 님, 잊혀질 넌 그 빗속으로
어차피 떠나 홀로된 사랑이기에
모래성을 만들자

플라톤은 일찍이 영원한 것은 없기에 그 영원성을 찾으려고 노력하였다. 그 영원함은 수학에 있다고 보았다. '삼각형 내각의 합은 180도이다' 라는 이 진리는 영원하다. 절대 변하지 않는 진리이다.

수학과 사랑이 무슨 관계냐고? 수학처럼 절대 변하지 않는 방정식이 필요하다는 것이다. 그것이 '사랑의 방정식'이다. 만유인력의 법칙은 눈으로 보이지 않는다. 그것을 수식으로 표상한 것이 공식이다. 노트에 적혀있는 만유인력의 공식을 지워도 영원히 존재한다. 세상의 모든 것들은 그 나름대로의 구조를 갖고 있다. 대단히 논리적인 구조를 갖고 있다. 나뭇잎에도 구조가 있다. 이를 생물학자들, 물리학자들이 그들의 수식으로 풀어내는 것이다.

사랑은 생물과 물리와 같은 자연과학적 구조를 갖고 있지 않다. 인생의 문제, 삶, 죽음, 사랑 등은 인문학적 구조를 갖고 있다. 인문학적 접근이 이루어진다면 사랑의 방정식은 인문학적 구조를 갖게 된다. 사랑하는 사람들끼리 변하지 않을 공식을 만들면 그것이 사랑의 방정식이 될 것이다. 사랑은 사람과의 관계이기 때문에 당사자와의 관계를 고려한 공식을 세우면 된다.

방정식이라는 영어 단어는 'equator'이다. 이는 'equ-'라는 단어에서 나왔다. '같다'라는 뜻이다. 사랑의 방정식은 의외로 간단하다. '나와 너'의 관계가 '같다'라는 사유를 하면 그 공식이 성립되는 것이다. 누가 누구의 절대 우위에 있는 것이 아니라 대등한 관계에서 등식(equ-)이 성립되어야 하는 것이다.

사랑은 주고 받는 '기브 앤 테이크(give and take)' 관계가 아니다. 주었으니 반드시 받아야 한다는 등식의 관계가 아니다. 오로지 주면 된다. 서로가 서로에게 주면 되는 것이다. 주는 것이 곧 받는 것이다. '주고 받는다'에서 '받는다'라는 단어가 들어감으로써 이해타산적인 공식이 성립된다. '받는다'라는 단어를 뺀 '준다'의 공식이 사랑의 방정식이다.

준다고만 하면 자기희생만을 강요하는 것이라고 항변할 수 있겠으나 그건 잘못된 생각이다. 앞서 이야기했던 바처럼 서로가 서로에게 준다는 것에는 '서로가 받는다'는 것을 포함하고 있다. 부모가 자식에게 무엇을 받을 것을 생각해서 주지 않는 것처럼 모든 사랑이 이러해야 한다. 그래야 영원한 사랑이 성립된다. 이것이 사랑의 방정식이다.

사랑, 통(通)하라

사랑이란 독립변수와 종속변수 간의 함수관계이다. - 김정겸

'사랑'이라는 단어는 듣기만 해도 가슴이 설렌다. 가장 숭고한 단어임에도 불구하고 공기처럼 자유재다보니 그 소중함을 모른다.

C. S. 루이스(Clive Staples Lewis, 1898~1963) 교수는 사랑의 4가지 종류에 대해 '인간은 에로스에 의해 탄생되고, 스트로게에 의해 양육되고, 필리아와 더불어 성장하며, 아가페에 의해 완성되는 것'이라고 하였다. 에로스(Eros)는 이성간의 사랑이고, 스트로게(stroge)는 부모·자식간의 사랑이며, 필리아(philia)는 친구간의 사랑, 아가페(Agape)는 희생적인 사랑이

다. 이외에도 애욕적인 사랑 에로틱(Erotic), 이상적이고 정신적인 사랑 플라토닉(Platonic), 지적인 사랑 로고스(Logos), 낭만적인 사랑 로맨틱(Romantic) 등이 있다.

사랑이라는 단어 앞에 사랑을 좀 더 강조하기 위해 형용사가 붙기도 한다. 가치 있는, 진정한, 소중한, 끝없는, 아름다운, 포근한, 뿌듯한, 감각적인 등의 형용사는 나름의 의미를 갖고 있다. 나의 사랑에 어떤 형용사를 붙이면 좀 더 아름다워질 수 있을까? 그리고 내 사랑의 종류는 어떤 것인가?

사랑이라는 의미의 한자는 '애(愛)'이다. 사랑 애(愛)라는 단어를 찾으려면 부수 마음(忄)에서 찾아야 한다. 사랑에 마음이 깃들어 있어야 진정한 의미를 갖는 것이다. 성교육(性教育)을 시킬 때도 이를 분명히 해줌으로써 사랑의 진정한 의미를 알 것이다.

성(性)이라는 단어를 파자해 보면 '마음(忄)' + '태어나다(生)'으로 결합되어 있다. 즉, 성(性)이란 '마음에서 생겨나야 되는 것'이다. 그런데 그 마음이 어느 한쪽의 일방이 되면 진정한 사랑이 없는 것이다. 사랑해서 관계를 갖는다는 것은 서로가 마음이 생겨서 한 몸이 되는 것이다. 이것이 사랑(愛)이다.

일방적인 마음을 갖는 것이 아니라 서로 소통되는 관계가 되어야 칸트의 명법대로 인간을 수단이 아닌 목적으로 대하는 것이다. 요즘 부부끼리도 서로 마음이 통(通)하지 않고 육체적인 사랑을 강조한다면 강간이라고 한다. 프로이드 (Sigmund Freud; 심리학자, 1856~1939)는 쾌락의 원리에 지배당하는 이드(Id)가 현실의 벽을 넘으면 강간이 된다고 본다. 현실적인 원리에 지배를 받는 에고(Ego)가 적절히 관여하여 집행하는 것이 좋은 상태가 되는 것이다.

어느 유행가 가사처럼 '님이라는 글자에 점 하나를 찍으면 남이 되는' 세상이다. 사랑 참 쉽다. 헤어짐도 쉽다. 그러나 사랑과 이별이 이처럼 정말 쉽게 이루어질 수 있을까? 아니다. 그건 절대 아니다. 왜냐하면 앞서 언급한 바처럼 사랑(愛)과 성(性)에 모두 마음(心)이 있기 때문이다. 그 마음이 쉽게 움직이지 못할 것이기 때문이다. 그래서 사랑과 이별은 어려운 것이다.

사랑과 마음은 같다. 내가 누군가를 사랑하기 위해서는 그 사람으로부터 마음을 얻어야 한다. 마음을 얻기 위해서는 자주 보아야 한다. 눈에서 멀어지면 사랑하는 마음도 없어지게 된다(out of sight, out of mind). 마음이 떠나면 정도 없어지는 것이다. 정(情)이라는 단어에도 마음(心)이 들어가 있다. 그래서 먼 친척보다 이웃이 더 가깝다고 한다.

교통과 통신이 발달한 오늘날은 서로가 더욱 가까워질 수 있다. 언제든지 원할 때 가서 보면 된다. 그러나 바쁘다. 바쁘기 때문에 통신이 그 자리를 대신하게 된다. 통신(通信)은 말 그대로 사람(亻)의 말(言)이 서로 통(通)한다는 것이다.

　멀리 떨어져 있어서 그래서 늘 보고픈 이가 있다면 통신을 통해서라도 매일 만나보자. 마음(心)이 통(通)할 것이고 그래서 사랑(愛)이 더 깊어지리라. 이심전심(以心傳心)은 텔레파시를 의미한다. 멀리서도 서로 마음이 전해지는 것이다. 사랑은 떨어져 있어도 통하는 것이다.

밥 한번 먹자

밥은 함께함이며 사랑이다.   - 김정겸

우리 민족은 밥 한번 같이 먹는데 목숨을 건 것 같다. 처음 만난 사람에게도 '언제 밥 한번 드시죠' 라고 한다. 뱃속에 거지라도 들어서 그런가?

무엇인가를 '함께 먹는다(食)' 는 것은 식구(食口) 외에는 친하지 않은 사람에게 좀처럼 하지 않는 말이다. 누군가와 친해지고 싶거나 부탁을 할 때 주로 사용한다. 먹을 식(食)을 파자하면 좋은 것(良)을 먹는 것이다. 식구(食口)란 같은 집에서 살며 끼니를 함께하는 사람이라고 정의한다.

먹을 것이 좋은 것이든 나쁜 것이든 함께 나누어 먹는다는

60

것은 정을 쌓아가는 것이다. 물론 '먹는다' 는 것이 좋지 않게 쓰이는 경우도 있다. '거짓말을 밥 먹듯이 한다' 라고 말할 때가 그렇다. 그래서 남을 속이고 거짓말 하는 것을 식언(食言)이라 하고 영어로도 'Eat one's words' 로 표기한다.

필자는 '밥 한번 먹자' 의 긍정적 의미를 살펴보려고 한다. 이 말은 나 혼자가 아닌 너를 포함하는 단어이다. 영어에서는 '먹다' 의 표현을 'eat' 만 쓰는 것이 아니라 'have' 를 쓰기도 한다. 여기에는 철학이 있다. 밥을 먹을 때 너와 함께 좋은 시간을 갖고(have) 싶다는 의미를 내포하고 있다. 나 혼자만의 먹음이 아니라 너와 기꺼이 나누어 먹겠다는 돌봄과 배려가 들어가 있는 것이다.

지인들을 집에 초대하여 함께 먹거리를 나누는 모습을 보면 마음이 풍성해진다. 왜일까? 추석(秋夕)에는 왜 마음이 풍요로워질까?

'더도 말고 덜도 말고 추석 한가위 같기만 해라' 라는 말이 있다. 추석(秋夕)이라는 단어를 파자해 보자. 가을이라는 단어인 秋는 '벼 화(禾)' + '불 화(火)' 로 이루어졌다. 벼(禾)가 익는 계절은 가을이다. 가을에 벼를 수확하여 햅쌀로 송편을 빚어야(火) 한다.

낮에는 모든 식구들이 들로, 바다로, 산으로 나가 일하기에 분주하다. 저녁(夕)에 일터로 나간 사람들이 돌아와서 온 식구들이 둘러 앉아 그날에 있었던 일들을 이야기하며 밥을 먹는다. 정을 나누는 것이다. 낮이 전투적인 일과였다면 저녁은 평화로운 시간이다.

쌀쌀한 날씨에 따뜻한 방 안의 호롱불 아래서 도란도란 이야기꽃을 나눈다. 불도 호롱불이어야 한다. 형광등은 밝지만 차갑고 호롱불은 어둡지만 따듯하기 때문이다. 호롱불에 따라 드리우는 그림자는 이야기하는 사람의 마음을 더 잘 표현해준다. 식구(食口)가 같은 음식을 입에 넣으며 사랑을 나눈다. 맛있는 것이 있으면 자신의 입보다는 부모의 입에, 부모의 입보다는 자식의 입에 넣어주는 것이 행복일 것이다.

현대 사회가 점점 복잡해지고 있다. 서로의 관계도 공리적 관계이지 온정적 관계는 아니다. '식사 한번 하시죠' 라는 말이 '제 부탁 좀 들어 주시죠' 라는 타산적이고 공리적인 관계가 되어 버렸다.

식사가 예(禮)를 지킨 것 같은 단어인 것 같지만 청탁이 들어있는 단어이다. 식사라는 말 대신 밥이라는 말이 보다 정감 있다. 밥이라는 단어는 친한 사람과 주로 사용하는 단어이다. 어려운 사람에게는 '밥 한번 먹지요' 라는 말을 하지 못한다. 그것이 예가 아닌 것 같기 때문이다.

여기서 필자는 예(禮)를 따지자는 것이 아니라 정(情)을 따지고 싶다. 정감 있는 밥이 사랑을 심어 주는 것이다. 추석에는 아주 동그란 달이 뜬다. 복스럽다고 할 때 '달덩이 같다' 라고 한다. '둥글다(圓)'는 것은 모나지 않다는 것이다. 둥그런 삶은 내가 너를, 네가 나를 서로 돌보며 한마음이 되는 것이다.

달의 마음을 가지면 서로 싸우는(諍)것이 아니라 화합(和)하게 된다. 평화롭다는 뜻의 '화(和)'라는 단어를 보자. 이 단어도 벼(禾)를 입(口)안에 넣고 먹는 것이다. 밥 한번 먹으면서 서로를 아끼고 사랑하고 보듬어 주자.

개념돌을 기대하며

우리의 인생은 우리의 사고로 만들어진다.

−마르쿠스 아우렐리우스(로마 황제)

가수 아이유가 '개념돌(개념 있는 아이돌[idol]이라는 표현의 줄임
말)'이라고 각광을 받게 된 사건은 대학진학에 있었다. 연예
인들은 조금만 뜨면(?) 대학입학 수시전형에 지원해서 합격
을 한다. 웬만하면 대학에서도 합격을 시켜준다. 왜냐하면
그네들이 그 대학의 커다란 홍보물이기 때문이다.

일반 수험생들은 이런 상황에 대해 피해의식과 패배의식
을 가질 수 있다. 연예인들에게 최소한의 수학능력시험 기준
학력이 적용되지도 않기 때문이다. 아이유는 이런 호조건의
상황에서도 대학입학시험을 보는 것을 포기했었다. 그 이유

는 자신은 대학에 들어갈 실력을 갖추지 않았을 뿐만 아니라 지금은 자신의 본업인 노래에 더 열중해야 할 시기라고 생각했기 때문이다. 개념 있는 행동이다. 개념이란 생각을 말하는 것이다.

요즘 방송가에서는 만능 엔터테이너를 요구한다고 한다. 가수가 연기를, 연기자가 노래를, 말 그대로 올라운드 플레이어(all-round player)여야 한다. 그런데 방송가의 이러한 요구가 합당한지 묻고 싶다.

요즘 케이팝(k-pop)이 뜨고 있다. 여기서 우승을 한 친구들이 노래보다는 연기에 몰두하고 있다. 드라마, 예능 등에서 두각을 나타내고 있다. 이네들이 드라마와 예능 쪽에 재능이 있다면 그쪽으로 활동을 해야 할 것이다.

필자가 이야기하고자 하는 것은 그네들의 재능을 사장시키자는 이야기가 아니다. 선택과 몰입의 시대에 에너지 소비이고 사회적 비용의 낭비라는 것이다. 훌륭한 가수를 양성하기 위한 프로그램 편성, 시간, 비용 등으로 따져 보았을 때 너무 많은 희생이 뒤따른다는 것이다. 훌륭한 가수 한 명을 탄생시켰다는 국민들의 높은 기대는 물거품이 되었다.

쓸쓸하다. 몸에 맞지 않는 옷을 입고 허우적거리는 것 같아 안쓰럽기까지 하다. 아나운서 중 연기를 위해 그들의 전문직을 버리고 활동하는 사람들이 부지기수이다. 최송현 씨, 임성민 씨, 오영실 씨 등 많은 사람이 연기자의 길을 가고 있다. 그분들은 연기자 영역에서 혹독한 비평을 받으며 성숙해지고 있다. 심지어 생활고까지도 겪고 있다. 그네들의 선택이 잘못된 걸까?

반면 겸업중인 가수들을 보자. 앞서 이야기한 바처럼 치열한 경쟁을 통해 가수로 데뷔를 한다. 그네들의 우승에 한몫을 더한 국민들은 그네들이 가수로 데뷔하기까지 느꼈던 감흥을 여지없이 **빼앗겨** 버렸다. 우리의 선택은 없어져 버렸다. 원하지 않는 곳에서 그들을 봐야 한다. 따라서 자신이 가장 잘할 수 있는 음악에로의 복귀를 간절히 바란다.

연기자는 연기자 선발시험을 통해, 가수는 가수 선발 프로그램을 통해 전문적 훈련을 쌓아야 한다. 그것이 시청자와 팬에게 양질의 서비스를 제공하는 것이다. 전문화가 되지 않을 경우 양쪽 모두 부실해진다. 양다리를 걸쳐 어느 하나 잘되면 그리로 전업하는 것은 그것만을 위해 올인(all in)한 사람들에게 허탈감을 심어준다. 연기자로 성공하기 위해 10여 년의 내공을 쌓아 가는 연기자는 단 한순간에 주연의 자리를 꿰차는 가수를 보고 어떤 생각이 들까? '사회는 공평하다', '사회는 노력한 자의 몫이다'라고 생각할까? 노력하는 사람들을 소모시키지 말자.

노래도 잘하고 연기도 잘하는 것이 잘못된 것은 아니다. 그러나 노래와 연기 두 가지를 함께 하는 장르는 따로 있다. 뮤지컬이다. 뮤지컬 배우가 연기자가 되는 것에 이의를 제기하고 싶지는 않다. 왜냐하면 뮤지컬 배우는 두 가지 방면 모두에서 전문성을 가져야 하기 때문이다.

전문적 훈련을 받지 못한 연기자가 연기를 할 때 우리는 '발(?)연기'라고 비방을 한다. 이런 드라마 역시 국민의 호응을 받지 못한다. 발연기가 아닌 제대로 된 연기를 위해 전문성을 살려야 한다. 우리는 그들이 자기 분야에서 혼을 다할 때 팬이 된다. 우리에게 좋은 음악을 듣게 해주었으면 좋겠다. 우리가 그네들에게 애정을 준 만큼…….

돈(錢)에 관한 철학

돈에 대한 탐욕이 모든 악의 근원이 된다. 돈의 결핍도 마찬
가지이다.   ─새뮤얼 버틀러(소설가)

돈(錢)은 '돌다'에서 온 것이다. 우리는 '돈이 굴러 들어온
다'라고 말한다. 구를 수 있다는 것은 동그랗기 때문이다. 그
래서 어느 나라든 최초의 주화는 대부분 동그랗다. 하지만
돈만을 추구하다 머리가 돌아버리면 안 될 일이다.

전(錢)이라는 단어를 파자해보면 금(金)을 얻기 위해 창(戈)
을 여러 개 가지고 있어야 한다는 뜻이다. 즉 치열한 싸움을
통해 얻을 수 있는 것이다. 시장경쟁의 원리가 지배하는 사
회에서 돈벌이란 그렇게 녹록치 않은 것이 사실이다. 매일이
전투일 것이다. 따라서 굴러들어온 내 주머니의 돈이 굴러

나가지 않도록 조심해야 할 것이다.

돈은 어느 순간부터 필요악이 되었다. 마르크스(Karl Heinrich Marx; 철학자, 1818~1883)는 자본주의의 병폐를 하부구조(경제)의 횡포로 보았다. 즉 하부구조가 상부구조인 정신세계를 지배한다고 본 것이다. 그래서 유물론(唯物論)이라고 한다.

옛날 가을 동화라는 드라마에 나왔던 유명한 대사가 있다.

남자: 얼마면 되니?
여자: 얼마나 줄 건데요.

이 대사를 보면 사랑이라는 정신세계를 돈이라는 물질세계가 지배한다는 것을 쉽게 이해할 수 있다. 인문학적 소양이 덜 된 사람들은 돈이 가장 귀중한 가치를 갖고 있다고 생각한다. 그래서 그런 사람은 유행가 가사처럼 '돈 때문에 울고, 돈 때문에 웃는다'.

정말 돈이 많다고 행복할까? 매슬로우(Abraham H. Maslow; 심리학자, 1908~1970)의 욕구 위계론으로 볼 때 돈은 저차원의 욕구이며 결핍욕구이다. 이 욕구는 채워지면 사라지게 되어있다. 돈 이외의 다른 성장을 위한 욕구를 기대하고 그에 따른 동기가 유발되어 행동이 강력해지게 되는 법이다. 욕구를 'need' 라고 하는 이유는 결핍(need)되어 있어 그것을 필요 (need)로 하기 때문이다.

돈이 목적이 되어 돈의 노예가 될 것인가? 아님 나를 보다 성장시킬 원동력이 되는 수단으로 생각할 것인가? 누구나 후자라고 말할 것이다. 돈, 돈, 돈 하다가 말 그대로 돌아버린다. 돈을 목적으로 하는 순간 인간은 돈벌이의 수단이 될 것이다. 이래서 세상이 어지러워지고 남에 대한 배려가 없어진다. 돈이 목적이 될 때 돈은 악마가 되고 우리는 악마에게 영혼을 팔아버리는 사람이 될 것이다. 돈이 목적인 사람은 사람이 아닌 돈과 똑같은 사물이 되어 버리게 된다. 따라서 인간소외현상이 벌어지게 된다. 인간도 돈의 가치로 따지게 될 것이다.

카카오 스토리에 '당신을 판매해 봅시다' 란 애플리케이션 (application)이 소개되어 있었다. 이 애플리케이션을 실행시켜 보면 자신의 가치가 돈으로 환산되어 나온다. 필자도 호기심에 해 보았다. '김정겸님의 가격은 판매금지 상품입니다' 라고 나왔다. 이에 대해 지인들이 많은 덧글을 달았다. 필자는 그에 답하지 않았다. 왜냐하면 내 자신이 목적이지 수단이 아니기 때문이다.

어느 나라든지 미인선발대회는 있다. 그러나 인간의 아름다움에 등급을 매기고 그에 대해 돈의 가치를 부여한다는 점에서 선발된 미인은 사람이 아니라 물건이 된다. 선발되는 것이 목적이 되었기 때문에 그녀들의 얼굴 값(꼴값)이 정해지는 것이다. 따라서 '미인=상품' 이라는 등식이 성립된다. 아름다움은 아름다움 그 자체여야 한다.

돈은 악마이면서 천사이기도 하다. 따라서 동전의 양면이라고 하지 않는가?

당신은 천사이길 원하는가? 악마이길 원하는가? 악마가 되면 범죄에 쓰이고 천사가 되면 배려와 사랑에 쓰인다.

동의보감의 역설

오늘날 대부분의 토지에는 영양물이 고갈되어, 그 땅에서 자라나는 식품들도 미네랄이 부족한 채 생산되어진다. 따라서 우리들 대부분은 그 생산물이 적정한 미네랄의 균형이 갖추기 전까지 위험한 영양물의 결핍으로 고통받게 될 것이다.

-미 의회 문서 No. 264

『동의보감(東醫寶鑑)』이 2009년 유네스코(UNESCO) 세계기록유산에 등재되었다. 기쁜 일이다. 동의보감은 1613년 광해군 5년에 처음 간행되어 400여 년을 맞이하였다. 유네스코에 등재된 193건의 기록물 중 동서양을 통틀어 동의보감이 최초의 의서이다. 경사스러운 일이다.

이제부터의 글은 동의보감에 관한 의학적 가치를 폄하하기 위한 글이 아니라는 점을 분명히 밝혀두고자 한다. 중국의 의서와는 달리 허준의 독창적인 해석은 뛰어나다고 할 수 있다. 그러나 필자가 여기서 문제 삼고자 하는 것은 400여 년 동안 한의학은 무엇을 했는가 하는 것이다. 동의보감이 일반인은 물론 한의사에게 종교가 된 것은 아닌가라는 생각이 든다. 한의학은 과학이 되어야지 종교가 되어서는 안 된다.

2,000여 년 전의 성경은 지금도 진리이다. 그러나 과학은 2,000여 년 전의 내용으로는 지금 사용될 수 없다. 과학은 직선사(直線史)이다. 과학은 앞의 이론을 수정·변화시켜 가면서 발전해 나간다. 동의보감이 과학이 아닌 종교라는 점은 이런 이유에서 말하는 것이다. 동의보감이 종교가 아니라 과학이어야 한다는 생각은 다음과 같은 점에서 찾아볼 수 있다.

첫째, 성경처럼 매우 훌륭하여 성경의 말씀을 따르듯 동의보감의 내용을 그대로 따르면 된다는 것이다. 그러나 400년 전 사회·문화적 환경과 지금의 환경은 매우 달라져 있다. 그때 조상들의 체질과 현대인들의 체질은 다르다.

둘째, 지금도 동의보감을 종교처럼 받드는 한의사가 있다면 훌륭한 한의사가 못 된다는 반증이 되기도 한다. 의학은 과학이어야 한다. 따라서 양의학(洋醫學)은 눈부신 발전을 하여 이제는 암을 병으로 생각하지 않을 정도이다. 그러나 암에 걸렸을 때 한의학에서 고치려 하지 않는다. 한의학은 의술을 의학으로 생각하기보다는 보양의 개념으로 받아들인다.

이런 현상이 계속된다면 한의학은 존립 자체가 흔들릴 것이다. 한의학자들의 동의보감 넘어서기 운동이 전개되어야 한다. 한의학 발전을 위해 400년 전의 진리가 지금도 진리인 양 받들어지는 종교적 전통을 폐기처분해야 한다.

동의보감은 우리 민간인들의 보양의 차원에서 쉽게 이해할 수 있도록 풀어 써서 대중화된 인기서처럼 되어야 한다. 한의사는 동의보감의 400년 전 과학적 의술을 기초로 좀 더 발전된 '신(新) 동의보감'이 나오도록 애써야 할 것이다.

전통을 무시하고 버리자는 것이 아니다. 온고이지신(溫故而知新)의 의미는 정조대왕이 경연에서 한 말이 정확할 것이다. 우리는 흔히 '옛글을 익혀 새 글을 안다'는 뜻으로 알고 있는데, 정조는 '옛글을 익히면 그 가운데서 새로운 의미를 알게 되어 자기가 몰랐던 것을 잘 알게 된다'라고 말하였다. 고(故)를 '옛 고' 자로 보지 말자. '까닭을 나타내는 고(故)'로 생각하라. 그러면 길이 보일 것이다.

동의보감의 내용이 '왜(故)' 이렇게 쓰여 있는가를 익히면 다양한 치료 방법이 나올 것이다. 이것이 한의학이 종교가 아닌 과학이 될 수 있는 길이다.

우리의 전통을 비난하자는 것이 아니다. 전통과 인습에 매

달린 한의학이 종교적 신념이 되어 버린다면 발전할 수 없기 때문이다. 전 세계적인 과학적 동의보감을 위해 부단한 노력을 경주해야 한다.

매(梅), 난(蘭), 국(菊), 죽(竹)

군자는 마땅히 냉철한 눈을 깨끗이 닦을 것이요, 굳은 마음을 삼가 가볍게 움직이지 말아야 할 것이니라.

-『채근담』 중에서

매난국죽을 사군자라고 한다. 군자란 지조, 품위, 덕성을 지닌 사람을 말한다. 공자는 군자를 남이 알아주지 않아도 괴로워하지 않는 사람이라고 보았다. 따라서 공자는 군자란 일상생활에서 도덕적 수양을 통해 성인의 경지에 도달해야 한다고 보았다.

매난국죽은 가히 군자(君子)라 할 수 있다. 이 4가지는 자신을 드러내려고 요란스럽게 아우성치지 않는다. 그저 자신의 자리에서 모진 인고의 세월을 참아내고 고고하게 피어 있다. 그것이 성인(聖人)을 닮아있다.

매(梅). 매화는 4월경에 꽃이 먼저 피고 6월에 열매가 열린다. 추운 겨울을 이겨내고 피어나는 매화는 높은 절개를 상징한다. 매(梅)라는 단어를 살펴보면 '늘상, 항상'의 '每(매양 매)'가 들어있다. 군자는 변화하여 쉽게 자신의 의지를 저버리는 자가 아니다. 숙주나물처럼 쉽게 변하는 속성을 갖고 있지 않다. 항상(每) 그대로 있는 그 나무(木)가 매(梅)이다.

그런데 그 나무에서 피는 꽃(花)이야 말로 고상하지 않을 수 없다. 그 꽃은 희거나 붉은 색을 띄고 있다. 흰색은 눈에 섞여 피어있는 듯 없는 듯 자태를 드러내지 않는다. 붉은 색은 흰 눈 사이에 점점이 피를 토해 놓은 듯한 색이다. 군자는 자신을 드러내려 하지 않으면서도 자신의 절개를 지키는 것이다. 생육신의 한 사람인 김시습, 수양산에 들어가 고사리를 캐먹으며 절개를 지킨 백이와 숙제는 매화 같은 존재들이다.

난(蘭). 난초는 부드러움과 강인함을 동시에 갖고 있다. 매 잎마다 고개를 숙이고 있으니(예[禮]) 우리가 난초를 보고 반기지 않을 리 없다. 그 향기는 낭떠러지 밑 계곡에 꽉 차 우리 몸에 살그머니 배는 품격을 갖고 있다. 단번에 우리 몸을 향기롭게 하지 않는다. 군자에게 있어 난이란 고아(高雅)함이다. 고아란 '높고 바르다'는 뜻이다. 그래서 난은 우아미(優雅美)를 갖고 있다. 즉, 고상하고 기품이 있으며 아름다움을 갖고 있다.

군자는 남이 나를 알아주지 못하는 것을 한탄하지 않는다. 그저 묵묵히 자기 할 일을 할 뿐이다. 따라서 공자는 '군자는 자신에게서 구하고 소인은 남에게서 구한다(군자구저기 소인구저인[君子求諸己 小人求諸人])'라고 했다. 이는 군자는 일을 도모함에 있어 잘못된 것을 자기 탓으로 돌리지만 소인은 남의 탓으로 돌린다는 것이다.

국(菊). 국화는 오상고절(傲霜孤節)이다. 이는 서리가 내려도 굴하지 않고 외로이 지키는 절개라는 뜻으로 국화를 비유하는 말이다. 국화는 모든 꽃이 제 자랑을 하려고 화려한 옷을 바꾸어 입을 때도 자신을 드러내지 않는다. 그 꽃들이 풀죽어 사라지는 그때 자신의 모습을 드러내는 것이 국화이다. 국화는 오만하고 거만한 것이 아니다. 나뭇잎이 모두 떨어진 추운 겨울에 피는 이유는 서릿발에도 굴하지 않고 자신을 지킨다는 것을 의미하기 때문이다. 그래서 국화꽃은 꼿꼿하다.

죽(竹). 대나무는 지조를 의미한다. 푸른 대나무는 군자의 절개요(녹죽군자절[綠竹君子節]), 푸른 소나무는 장부의 마음(청송장부심[青松丈夫心])이다. 대나무는 쪼개어질 때 방향이 한결같다. 정해진 방향대로 일직선으로 나간다. 군자가 행하는 일도 대나무처럼 곧은 절개를 갖고 있다. 대나무 잎은 항상 푸르다. 겨울에는 모든 식물들이 그들만의 색을 잃게 된다. 그러나 대나무는 한결같은 색을 지니고 있다. 변화하지 않는 곧은 마음을 의미한다.

매난국죽은 계절의 순서로 보면 봄의 매화, 여름의 난초, 가을의 국화, 겨울의 대나무와 일치한다. 사계절 내내 지조와 품위, 덕성을 지닌 자가 되어야 함을 의미한다. 음양의 이치로 따져보면 대나무는 직선이고 난초는 곡선이며 매화는 반직선이고 국화는 반곡선에 해당된다. 즉, 음양의 조화를 이루어 모나지 않으면서 사회의 발전을 도모하고자 하는 것이 군자이다. 사단(四端)의 측면에서 매화는 인(仁), 난초는 예(禮), 국화는 의(義), 대나무는 지(智)를 의미한다. 인, 의, 예, 지는 인간이면 누구나 지켜야 할 기본적인 덕목이다.

군자가 되는 길은 멀리 있지 않다. 우리 일상의 덕목을 실현하는 자가 군자가 되는 것이다. 즉 꾸준함과 변화·발전을 도모하는 자, 그리고 인륜의 덕목을 실현하는 자가 군자가 된다. 오늘날 흔들리는 도덕·윤리적 가치를 지킬 수 있는 군자가 필요한 시기이다.

무궁화와 벗꽃

무궁화는 자존심이다.   - 김정겸

　일본 총리를 생각하면 독일 총리 마르켈이 떠오르는 것은 두 사람이 비교가 되기 때문이다. 비교는 어느 한쪽이 부정적 이미지를 갖기 때문에 좋은 것이 아니다. 그럼에도 불구하고 비교를 하는 것은 그들이 총리이기 때문이다. 총리는 그 나라의 대표이고 총리의 행동을 통해 국민성을 알아볼 수 있으며 그네들의 잘잘못을 일깨워 줄 수 있기 때문이다.

　이성적이고 합리적인 독일 총리는 유태인 학대에 대해 진정한 반성을 하며 무릎을 꿇고 용서를 빌었다. 이와는 반대로 일본 총리는 잘못을 전혀 인정할 줄 모르는 파렴치함을

보여주고 있다.

공자의 이론을 일본에 적용해 보면, 일본인에게는 인(仁; 사람[人]이 둘[二] 모여 있음)이 없다. 인은 사랑이며(인애인[仁愛人]) 사람다움(인자인야[仁者人也])이다. 맹자에게 있어 인은 측은지심(惻隱之心)을 갖게 하는 실마리이다. 측은(惻隱)을 '불쌍히 여기다'로 해석하는 독자가 있다면 이 글의 전체적인 맥락을 꿰뚫지 못하는 것이다. 이 글에서 측은지심은 사람이 기본적으로 가져야 하는 인성(人性)을 의미하는 것이다.

일본의 국민성에 인이 없음을 다음 몇 가지에서 생각해 볼 수 있다.

첫째, 일본의 국화 벚꽃과 우리나라의 국화 무궁화.

일본에는 벚꽃의 자생지가 없다. 벚꽃의 자생지는 우리나라와 중국이며 일본이 광분하는 야스쿠니 신사 앞의 왕벚꽃은 전남 대흥사가 자생지이다. 그 벚꽃을 국화로 삼고 있는 일본은 그들만의 문화가 없고, 전부 모방한 것들이다. 우리나라의 김치, 막걸리를 자기네 것인 양 한다. 이래서 그들을 모방해서 자기네 것으로 만드는 '축소지향적인 인간'이라 한다. 그들만의 독창성과 창의성을 전혀 볼 수 없다.

창의력은 정의(情意)적 영역에서 두드러진다. 감성지수(EQ)

의 부분이다. 그러니 그들에게서 남에 대한 배려 즉, 사랑(仁)
은 찾아볼 수 없다. 벚꽃은 일찍 피고 또 화려하지만 4~5일
정도면 처절하고 지저분하게 흩날려 지고 만다. 그 모습을
보고 주군을 위해 희생하고 단결하는 사무라이(무사)로 비유
하여 미화하기도 한다. 벚꽃에는 진지함보다는 가벼움이, 은
은함보다는 천박함이 보인다. 오늘날 그들의 행태에서 가벼
움과 천박함이 묻어나는 이유는 벚꽃의 특성에 있다.

그에 비해 무궁화(無窮花)는 다함·멈춤(窮)이 없는(無) 꽃이
다. 식물의 가장 큰 적인 진딧물은 식물의 잎이나 줄기의 즙
을 빨아 먹어 식물을 말라죽게 한다. 그러나 무궁화는 그런
진딧물이 있어도 굳건하게 핀다. 진딧물 같은 일본의 강압에
도 절대 꺾이지 않는 우리 무궁화 같은 민족성의 위대함이
여기에 있다.

무궁화는 벚꽃처럼 천박한 하늘거림 없이 우아하면서도
입술을 굳게 다문 엄숙함이 있다. 진딧물의 공격에도 흐트러
짐 없이 고고한 자태를 고이 간직하는 무궁화는 12폭 치마와
같은 푸근함을 갖고 있다. 치마폭은 덮어주고 감싸주는 미덕
즉, 사랑(仁)의 미덕을 갖고 있다. 독일인처럼 참된 반성을 한
다면 우리는 감싸줄 준비가 되어 있다.

둘째, 칼과 붓의 문화.

일본은 칼의 문화이다. 칼은 사무라이 문화이다. 칼로 충성을 맹세하고 할복자살로 결백을 보인다. 그들의 잔인성(인[仁]이 없음)이 여기에서 나온다. 반면 우리나라는 붓의 문화이다. 붓은 무(sword)가 아니라 문(pen)이다. 붓에는 생각이 있다. 사상이 담겨져 있는 힘이 있다.

일본인의 근성은 집단 패거리의 문화이다. 지금 집단자위권을 운운하고 있다는 점이 그들의 칼과 같은 잔인성을 드러내고 있는 것이다. 하지만 우리 민족은 붓과 같은 부드러움이 있다. 돌봄과 배려를 우선하는 선비 같은 품성(仁)을 갖고 있다. 외환위기의 IMF 시기나 태안 기름유출사고 때 보여주었던 돌봄과 배려는 전 세계를 놀랍게 했다.

이제 세계는 '촌'이다. 촌은 마을이다. 일본이라는 마을은 사람이 살 수 없는 마을이 될 수도 있다. 그 이유는 다른 마을로부터 배척을 받을 수 있기 때문이다. 마을은 마음이 같은 사람이 어울려 서로를 보듬어 주고 살펴 주는 곳이다. 일본이 군국주의적 생각을 버리고 마음에서 우러나오는 사죄를 하지 않는다면 세계의 모든 마을 사람들이 분노할 것임을 명심해야 한다.

부러워하면 지는 것이다?

탤런트 심혜진 씨의 전원주택이 이야깃거리가 되고 있다. 왜 이렇게 시끄러울까? 그녀가 대저택을 갖고 있는 것이 무슨 문제인가? 그녀 나름 열심히 일했고 그 덕택에 가진 행복이자 즐거움이다. 그녀를 욕해서는 안 된다.

'사촌이 땅을 사면 배가 아프다'고 한다. 사촌도 아닌 심혜진 씨가 땅과 집을 가졌으니 배가 아픈 정도가 아니라 죽을 지경일 것이다. 배가 아프지 않으려면 우리 주변엔 다 똑같은 정도의 재산을 갖고 있어야 한다. 이 무슨 공산주의 생각인가? 자신이 가진 것이 없다고 가진 자를 욕하고…….

그러니 부자가 될 수 없다.

부자가 되기 위해서는 부자를 존경해야 한다. 미국 사회에서는 빌 게이츠 같은 부자와 밥 한 끼 먹는데 몇천만 원씩 낸다. 그들의 그런 행위가 과연 미친 짓일까? 같이 밥을 먹기 위해 돈을 내는 사람은 분명 빌 게이츠로부터 조언과 정보를 얻게 될 것이고, 그로 인해 부자가 될 수 있는 특성을 습득하게 될 것이다. 이처럼 부자를 존중하니 부자들도 사회에 많은 돈을 기부하게 된다.

우리나라에서는 부자들이 많은 돈을 기부하려고 하지 않는다. 첫 번째 이유는 우리가 부자들이 가진 많은 돈에서 조금 기부하는 것이 뭐 대수로운 일이냐고 여기며 당연시하기 때문이다. 김밥할머니처럼 가난하지만 열심히 모은 돈을 내놓는 것이 진정한 기부라고 생각하기 때문이다. 그럼 부자들의 돈은 부정적으로 모은 돈인가? 부자들은 힘들이지 않고 돈을 버는가?

부자들이 기부하려 하지 않는 두 번째 이유는 기부를 해도 존경받지 못하기 때문이다. 몇 해 전 국민여동생으로 불리던 문근영 씨가 굉장히 큰돈을 사회에 기부한 적이 있었다. 그런데 그 기부행위에 대해 잘난 체하지 말라는 악성 댓글이 달렸다. 문근영 씨는 상처를 입고 마음을 닫았을 것이다. 이와 비슷한 이유로 부자들이 사회에 재산을 환원하지 않는 것이다.

자, 이제는 세상을 바라보는 관점의 전환을 갖도록 하자. '이것 밖에 없어'가 아니라 '이만큼이나 남았어!'의 사유가 필요한 시대이다. 즉, 부정적 관점에서 긍정적 관점으로의 전환이 필요한 시기이다. 부정적 관점에서 모든 일들을 대하다 보면 화가 날 것이다. 그러면 누구 손해인가? 화내는 당사자 손해이다.

창의력 기법 중 6가지 사고 모자가 있다. 여기서 주의점은 '검은색 모자'를 쓰기 전에 '노란색 모자'를 먼저 써야 한다는 것이다. 검은색 모자는 악마의 대변인 역할을 하는 것으로 매사를 부정적으로 생각해 보는 것이다. 이와 반대로 노란색은 낙천적이고 긍정적으로 세상을 바라보는 것이다. 검은색 모자를 먼저 쓰고 생각하게 되면 부정적 사유가 몸에 배어 노란색의 사유를 방해하게 된다고 본다.

심혜진 씨의 대저택, 얼마나 근사한가? 부럽지 않은가? 당신도 그런 곳에 살고 싶지 않은가? 그녀가 어떻게 그런 대저택을 지을 수 있었는지 그 비결을 배울 필요가 있다. 그녀를 욕하면 비결을 알려 주지 않는다. 그녀가 부정을 저질러서 대저택을 갖게 되었다면 지탄을 받아야겠지만, 자신의 근면성과 열정을 바탕으로 이룬 대성공이다. 문제는 생각 없이 언론사에서 보도를 하고 그걸 본 많은 사람들이 상대적 박탈감에 사로 잡혀 악한 심정을 드러내는 것이다. 문제의 본질은 언론사에 있는 것이지 심혜진 씨 자신에게 있는 것이 아니다.

'부러워하면 지는 것이다'라고 한다. 그 말 아주 잘못된 것이다. 부러워해라! 그래야 당신도 심혜진 씨와 같은 대저택에 살게 될 것이다. 부러워하면 이기는 것이다.

2

인생의 샘

담쟁이
인문학

인생의 참된 효과
-인문학

인문학은 연미복을 입은 신사이다.   -김정겸

베블렌 효과(Veblen effect)라는 것이 있다. 이는 경기가 불황인데도 명품이 잘 팔리는 것을 현상을 말한다. 명품이 잘 팔리는 이유는 사회적 지위를 과시하기 위해서이다. 명품이 사회적 지위 과시라는 상징성을 갖는 심볼마크(symbol mark)가 된다.

그런데 여기서 끝나지 않고 이 베블렌 효과는 또 다른 현상을 일으킨다. 바로 밴드웨건 효과(Bandwagon effect; 편승효과)이다. 밴드웨건(bandwagon)은 악대를 선두에 세우고 다니는 차로, 사람들은 생각 없이 그 차를 졸졸 따라 다니게 되어 있다. 즉, 이는 명확한 목적을 가진 소비가 아니라 충동적인 소비를 하게 되는 것을 의미한다.

밴드웨건 효과는 맨 처음 상류층들이 사회적 지위의 상징으로 명품을 산 것이 차츰 주위의 중산층에게도 도미노처럼 확산된다는 것이다. 이리하여 명품의 값은 절대 떨어지는 법이 없다. 이를 '닻내림 효과(Anchoring effect)'라고 한다. 배가 항구에 정착할 때 바람이나 파도로 인해 배가 이리저리 움직이지 못하게 닻(anchore)을 내리게 된다.

이처럼 명품의 값이 처음에 터무니없이 제시되었더라도 베블렌 효과를 거쳐 밴드웨건 효과에 이르게 되면 변동 없이 그 가격을 유지한다는 것이다.

인문학은 정신적으로 명품의 역할을 하게 한다. 그러나 인문학은 평등하다. 계층에 상관없이 심볼마크가 될 수 있다. 인문학은 물건에 정신적 명품을 입히는 역할을 한다. 수학공식은 단순히 $y=f(x)$이다. 그러나 인문학이 이 공식에 정신을 입히면 무궁무진한 독립변수와 무궁무진한 종속변수가 탄생하게 된다.

정신적 명품의 베블렌 효과가 탄생되었다면 그 고귀한 정신을 유지(anchore)하기 위한 노력이 필요하다. 정신적 활동은 고정될 수 없는 것이기에 끊임없이 명품의 옷을 입히기 위한 활동이 필요하다. 이것이 인문학적 사유이다.

인문학이 단순히 유행으로 한 시대의 조류에 편승하는 것이어서는 안 된다. 물질만능주의 사회, 기계화된 사회에서의 인간성 상실 문제, 존재의 회복 문제를 고민하게 해 주는 것이 인문학이다. 인간의 존재가치의 고귀성에 관심을 갖고 그 고귀성을 지키고자 하는 것이 인문학이다.

인문학은 정신적 사치를 하기 위한 것이 아니다. 배부른 사람만이 향유할 수 있는 것이거나 그 누구의 전유물인 것도 아니다. 노숙자가 인문학 강의를 듣고 참된 존재를 깨닫고 눈물을 흘린다. 인문학은 인간 존재에게 생각을 입히는 것이다.

극단에 물든 현대의 삶. '도 아니면 모'라는 양분법적 삶은 우리를 정신적 황폐로 이끌고 간다. 황폐한 동굴에서 나와 저 밝은 태양이 있는 세상에서 삶을 살아야 하겠다. 그런 진리의 길로 이끌어 주는 것이 인문학이다.

죽은 공자 되살리기

도덕이 땅에 떨어지고 있다. 자식이 부모를 죽이고 부모가 자식을 죽이고……, 하루하루가 혼탁하다. 이 혼탁한 세상을 바로잡는 올바른 방향을 제시할 수 있는 사람이 있다면 공자일 것이다.

도덕이란 무엇인가? 도(道)는 인간이 마땅히 걸어야 하는 길이다. 그 길을 제대로 걷지 못한다면 자신의 본래의 길로 들어가도록 부여잡고(寸) 이끌어야 한다. 이것은 '이끌다'의 도(導)가 된다. 생활지도란 말에서도 이끈다는 뜻의 도(導) 자를 사용한다.

덕(德)이라는 단어는 두인변(彳) 즉, 사람 사이에 서로 마음(心)이 들어가 있는 것으로 '고맙게 여기는 것'을 의미한다. 서로에게 고마워하고 감사해하면 좋은 품격, 인품을 갖게 되어 행복(幸福)을 얻게 된다. 이로 인해 도덕적인 세상이 되는 것이고 곧 살기 좋은 세상이 되는 것이다.

'도를 아십니까?' 길을 걷다보면 가끔 받는 질문이다. 이 질문에서 들어있는 도는 단순히 차나 사람이 다니는 길의 의미인 도(道)가 아니라, 형이상학적 의미인 인간으로서 가야 할 이치(理)를 말한다. 즉, 도리(道理)인 것이다. 인간이 마땅히 가야 할 길을 따를 때 이치에 맞는다고 한다. 이것이 도리이다. 선생은 선생대로, 부모는 부모대로, 자식은 자식대로 해야 할 도리가 있고 그것을 지킬 때 도덕적이 된다.

인간이 마땅히 가야할 길(道).

공자, 맹자, 순자 등은 인간이 지켜야 할 마땅한 이치로 도를 제시한다. 공자는 인(仁), 순자는 예(禮), 맹자는 의(義)로 제시한다.

공자의 인(仁)을 살펴보면 사람(亻)이 둘(二)이 모여 이루어진 형상이다. 따라서 인은 사람과의 관계에서 나오는 사랑과 따뜻함이다. 인에는 배려(caring)가 있다.

하지만 현재 전철 안의 풍경만 보더라도 우리에게 배려가 부족하다. 노인이 바로 앞에 서 계시는데 스마트폰만 바라보고 있는 '수구리 족', 갑자기 자는 척하는 '헤드뱅잉 족', 친구들과 뻔뻔스럽게 대화하며 쳐다보는 '뻔뻔 족'……. 이 모두가 사랑과 배려를 찾아볼 수 없는 우리의 모습이 아니겠는가.

공자의 인(仁) 사상을 두 가지로 살펴보자.

첫째, 인을 사람을 사랑하는 것(인애심[仁愛人])이라고 했다. 인은 남을 포함하는 것이다. 남을 사랑할 줄 알아야 진정한 인의 실현일 것이다. 인이 섰을 때 도(道)가 섰다고 할 수 있다. 공자는 '아침에 도가 섰다는 말만 들어도 저녁에 죽어도 좋다(조문도석사가의[朝聞道夕死可矣])'라고 말하며 도의 올바른 성립을 절실히 원했다. 세상이 어둡고 살벌했기에 도의 성립을 절실히 원했을 것이다.

둘째, 인을 인간다움(인자인야[仁者人也])으로 보고 있다. 인간으로서 마땅히 해야 할 일이 무엇인가? 인간다움의 바탕 즉, 인을 실천하는 방법으로 부모에 대한 효도(孝)와 형제간의 우애(悌)를 들고 있다. 즉 효(孝)와 제(悌)이다. 부모에게 효도하고 형제간에 우애 있는 모습은 인간의 기본이다.

이는 공자의 명목론(名目論)과도 일맥상통한다. 즉, 공자는 이름에 걸맞은 행동을 하기를 원했다. 임금은 임금답고 부하는 부하답고 아비는 아비답고 자식은 자식다워야 한다(군군신신부부자자[君君臣臣父父子子]). 이를 확대 해석하면 인간은 인간다워야 한다는 것이다. '~답다'라는 것은 그 신분에 걸맞게 행동을 한다는 것이다. 인간이 인간답지 않다면 짐승과 다를 바가 없다.

사람이 사람을 때릴 수 없다. 짐승을 때리는 것도 동물학대일진데 어찌 자신의 부모를 포함하여 사회의 어른들을 업신여기는가? 이런 짐승과 같이 되지 않으려면 인을 실천에 옮길 수 있어야 한다.

인을 실천하는 방법은 효와 제를 바탕으로 사람을 사랑(애인[愛人])하고, 자신의 마음을 미루어 남에게 베풀며(서[恕]), 인간관계에서 성실과 신뢰를 위주로 해서 사는 것(주충신[主忠信])이다.

서(恕)라는 단어를 파자해보면 '如(같다)' + '心(마음)'으로 이루어져 있다. 마음이 같아야 한다는 뜻이다. 우리는 우습게 '내가 하면 로맨스, 남이 하면 불륜'이라고 말한다. 이는 나와 남을 같이 보지 않는다는 것이다. 내가 바라는 바가 아니면 남에게도 베풀지 말자.

'기소불욕물시어인(己所不欲勿施於人)'이라는 것이 서(恕)인 것이다. 서에 사랑과 따뜻함과 배려가 들어가 있다. 나딩스(Nel Naddings; 교육철학 교수)의 배려교육(Caring education)은 봉사활동에서 찾아볼 수 있다. 봉사활동은 노블레스 오블리주를 행하는 것이다.

배려교육은 이론과 봉사 활동을 통한 실천의 통합으로 전인을 실현하는 것이다. 머리에 많은 것이 들어 있는 '든 사람'도 좋지만 남을 나처럼 돌보는 참된 인간인 '된 사람'을 만들고자 하는 것이 봉사활동의 취지이고, 이것이 서이다. 우리는 애완견을 기르면서 목욕도 시켜주고 변도 치워준다. 자기 집 애완견은 애지중지하면서 타인에 대한 배려는 전혀 없는 것이 슬픈 현실이다. 김구 선생의 사해동포주의적 사고가 필요한 시기이다.

사회구성원 각자가 자신의 신분과 지위에 걸맞게(군군신신부부자자[君君臣臣父父子子]) 행동하는 사회가 정의롭고 평화롭고 안정된 사회이다. 강제적인 법률이나 형벌로 사회를 질서지우는 것은 위태로운 것이다. 도덕과 예의로 교화시키는 사회가 살맛나는 세상이다.

세상이 비도덕적이고 어지러운 이유는 외면적 사회규범이라고 할 수 있는 예(禮)가 무너졌기 때문이다(도지이덕제지이례 [道之以德齊之以禮]). 흔히 찬물도 위아래가 있다고 하지 않는가? 배고프다고 남을 배려하지 않고 자기만 허겁지겁 먹는 욕심은 사회를 병들게 한다. 이런 욕심을 극복하면 배려와 돌봄이 나오게 되고 예를 찾게 되는 것이다. 그 예는 인(仁)을 바탕으로 나오는 것이다. 서로 사랑(仁)이 없다면 자신의 사욕만 챙기게 될 것이고 예가 없어지게 될 것이다. 이것이 극기복례(克己復禮)로, 자기(己)의 사리사욕을 극복(克)하여 예(禮)를 회복(復)하는 것이다.

죽은 공자가 되살아나서 우리를 정신 차리게 해야 할 시기이다.

'공자가 죽어야 나라가 산다'가 아니라 '공자가 살아야 나라가 산다'

신용사회

신용카드에 의해 우리는 몇 배나 더 낭비를 하게 되는 셈이다. 돈을 점점 더 많이 쓰게 되면서 우리는 점점 더 빈곤해지고 말 것이다.　　　　　—게리 벨스키(기자, 편집자)

신용의 뜻을 가진 영어 단어는 '크레디트(credit)'이다. 안창호 선생께서는 3대 자본으로 정신적 자본인 지식, 경제적 자본인 금전, 도덕적 자본인 신용을 구비할 것을 강조하셨다. 신용(信用)은 그 사람(イ)의 말(言)을 믿고(信) 무엇인가를 행함(用)을 의미한다.

크레디트의 어원은 라틴어 '나는 믿는다(credo)'에서 나온 말이다. 이 단어와 함께 살펴볼 단어가 '자신감(confidence)'인데 이 단어는 라틴어 '나는 신뢰한다(fido)'에서 나온 것이다. 신뢰와 자신감은 어떤 상관관계가 있는가?

우리는 누군가를 믿어 준다고 한다. 그런 신뢰를 받는 당사자는 매사에 자신감을 갖고 행동하게 된다. 자신감 있는 행동은 높은 성취도로 이어질 것이다. 믿어준 자나 그 믿음을 바탕으로 행동하는 자 모두 만족을 얻게 된다.

매슬로우(Maslow)의 자아 이론에 따르면 자신감은 자아개념을 구성하는 한 요소이다. 자신감은 자신의 능력에 대한 인식으로, 높은 자신감은 긍정적 자아개념을 형성하게 된다.

에릭슨(Erickson)은 성격발달이론의 가장 중요한 단계를 '신뢰감:불신감'으로 잡고 있다. 신뢰감이 형성되지 못할 때 불신감으로 가득차고 이는 청소년기의 자아정체에 대한 혼돈으로 이어져 결국 노년기에 이르러서 자신의 삶에 대해 후회하고 절망감에 빠지게 된다고 본다.

신용은 약속이다. 스위스 작가 아미엘(Amiel)은 '신용은 거울과 같은 것이다. 한번 금이 가면 다시 회복할 수 없다'고 한다. 그래서 신용카드 값을 갚기 위해 살인도 저지른다. 신용을 지키기 위해 인간이기를 포기하는 현상이 나타난다. 신용카드는 정말 우리를 믿어 주는 카드인가?

참 아이러니하다. 왜냐하면 신용카드는 불신용카드이기 때문이다. 옛날 구멍가게에서 외상을 하고 한 달 후 갚으면 주인이 고맙다고 먹을 것이라도 하나 더 챙겨주었던 시절이 있었다. 이것이 진정한 신용사회가 아닐까? 한 달 후 주어도 이자를 붙이지 않았다.

하지만 지금은 신용카드를 쓰면 이자가 붙는다. 신용카드는 우리의 인생을 가불인생으로 만들고 있다. 거기에 이자까지 듬뿍 붙여 마이너스 인생을 살게 한다. 넘어져 아파하는 사람을 깔고 앉아서 더 아프게 하는 것이 신용카드이다. 넘어진 사람을 완전히 벌거숭이로 만든다. 그 이유는 그 사람을 못 믿기 때문이라는 것이다. 그런데도 그네들에게 신용카드를 계속 발급해 준다. 신용은 신뢰를 하게 한다. 신뢰하지 못할 행동을 하면 '신용불량자' 라는 낙인이 찍힌다.

탈무드에 '어린이에게 약속을 하면 반드시 지켜라. 지키지 않으면 어린이에게 거짓을 가르치는 것이다.' 라는 말이 있다. 약속의 반대는 거짓이다. 약속과 비슷한 말은 신용이다. 도덕적 자본 신용을 위해 우리가 해야 할 것은 좀 더 내자신을 들여다보고 스스로의 통제자가 되는 것이다. 내면적 각성을 통한 자기 통제는 절제 있는 삶을 살게 하고 영원히 불신용카드에서 벗어날 수 있게 한다.

힐링(Healing)에서
힐드(Healed)로의 사회를 꿈꾸며

여기저기서 아프다고 한다. 나도 아프다고 할까?

나라의 정치 때문에 아프고, 자식 때문에 아프고, 직장 때문에 아프고…….

그래서 힐링, 힐링 하나 보다

힐링(Healing)을 치유라고 한다. 영어와 한자를 통해서 그 근원을 먼저 알아보자. Heal은 '치료하다'는 뜻인데 그 단어에 '~ing'을 붙였다. 만약 '~ed'를 붙였다면 완료의 의미가 되어 '치료를 했다'가 되었을 텐데 '~ing'로 인해 '지금도 앞으로도 계속 치료를 해야 하는' 진행형이 되었다. 언제쯤 골치 아픈 일이 없어지고 나의 치료도 완료될까?

지금 사회는 미쳐가고 있다. 정치가 미쳤으니 우리도 미치고 있다. 이를 치료해주어야 정상이 되지 않겠는가?

힐링의 한자말은 치유(治癒)이다. 치(治)는 다스린다는 뜻이다. 그러면 무엇을 다스려야 하는가? 유(癒)에서 보듯 마음(心)을 다스려야 한다는 것이다. 우리가 병에 걸렸을 때 항상 말하는 것이 있다. '마음을 편히 가져라.' 그래서 모든 병의 근원은 마음(心)이라고 하지 않는가?

그렇다면 이 마음을 치료하면 건강해질 수 있을까? 물론 그 대답은 '맞다'이다. 로크(Locke)는 '건전한 신체 속에 건전한 영혼(A sound mind in a sound body)'이라고 말한다. 신체와 영혼은 불가분의 관계를 갖고 있음을 알 수 있다.

그렇다면 마음을 치유할 수 있는 방법은 무엇일까? 그것은 '이야기'에 있다. 왜 아내들이 남편들과 이혼을 할까(이는 국민이 국가와 이혼할 수도 있다는 것을 뜻한다)? 그것은 이야기의 부족에서 찾아볼 수 있다. 대화 없음은 서로간의 이해를 부족하게 하고 서로를 가로막게 한다. 이해라는 영어 단어는 'understanding'이다. 이는 아래(under)에 서있다(standing)의 의미로, 내가 너를 지배하려고 위에 서 있는 것이 아니라 너를 이해하고자 아래에 서 있는 것이다.

위에 서 있다함은 지배, 명령, 통제를 의미한다. 정치인들은 선거철만 우리 아래에 있고 당선된 후부터는 우리 위에 있다. 그러니 우리가 무엇을 원하는지 윗분들이 아실 리가 없다.

'의사소통하다'라는 영어 단어는 'Communicate with'로 반드시 'with(~와 함께)'라는 단어를 동반한다. '우리와(with) 이야기(communicate) 좀 합시다'라고 하는데도 윗분들이 들어주지 않으니 국회의사당 앞에 매일 모여 시위를 하는 게 아닐까?

그들은 지금 아파하고 있다. 그들을 치유(Healing)할 수 있는 방법이 있다. 많이 들어 주고 이야기하라. 그러면 당신은 훌륭한 치유사가 될 것이다. 정치(政治)→치유(治癒)→유쾌(愉快)는 말끝이 이어지는 동일선상에 있다. 참 오묘하지 않은가? 정사(政)를 바로 하면(治) 국민의 아픈 마음(癒)이 치유되어 유쾌(愉)하니 말이다. 유쾌의 유(愉)에는 마음(忄)이 들어있다. 정사 정(政) 자에는 올바르다(正)의 의미가 들어있다. 올바른 정치를 하면 덕(德)이 이루어진다. 그것이 논어에서 말하는 위정이덕(爲政以德)이다.

힐링(Healing)에서 힐드(Healed)로 이끄는 훌륭한 지도자를 꿈꾸며…….

예스, 위 캔(Yes, We can)!

절대로 고개를 떨구지 마라. 고개를 쳐들고 세상을 똑바로
바라보라.   - 헬렌 켈러(사회 사업가)

버락 오바마 미국 대통령이 2008년 대선 캠페인으로
'Yes, We can'을 내걸었다. 버락 오바마에게는 '담대한 도
전'이다. 가장 민주적이면서도 가장 인종차별이 심한 나라,
아이러니한 나라 미국에서 흑인의 미 대통령 도전은 위대한
도전이었다. 과연 그가 해낼 수(can) 있을까에 전 세계의 이
목이 집중되었다. 그는 그의 표어대로 해내었다. 불가능이란
없다.

무엇인가를 해낼 수 있다는 자신감을 반두라(Albert

Bandura; 미국 심리학자)는 자아 효능감이라 불렀다. 개인이 어떤 행동을 해서 어떤 결과를 얻기까지의 과정을 살펴보기로 하자.

위의 그림에서 보다시피 개인이 행동을 하기 위해서는 효능기대를 가져야 한다. 효능기대는 어떤 과제를 선택하고 노력을 기울이게 하며, 포기와 선택의 기로에서 인내심을 결정하게 해 주는 것이다.

예를 들어 공무원 시험을 선택(과제 선택)했다고 하자. 이때 공무원 시험 준비를 위해 얼마만큼의 시간을 투입했느냐는 중요한 변수가 된다. 노력 없이 이루어질 수 있는 것은 아무것도 없다. 이런 과정 중에 '난 못하겠어'로 귀착이 되면 효능기대는 없어지게 된다. 그러나 '할 수 있어'로 생각하게 되면 효능기대는 높아지고 자기통제를 통해 집중적인 노력을 하게 된다(행동). 이 노력의 결과에 대한 기대가 높아져 긍정적 자아개념을 갖게 될 것이고 앞으로 어떤 행동에서든지 포부수준을 높이게 될 것이다.

자아개념은 자아 효능감과 자아 존중감으로 구성되어 있다. 자아 존중감은 자기 자신에 대한 가치를 스스로가 어떻게 인식하느냐를 의미한다. 스스로 자아(Self)를 존중(respect)하는 사람은 긍정적 자아개념을 갖게 될 것이고 매사에 적극적인 행동을 하게 된다.

치열한 경쟁 속에서 지친 자아를 스스로 위로해 본 적이 있는가? 그저 주어진대로 잘 살았다고 생각하는 자신에 대해 생각해 보자. 생물학적인 나에게 힘을 북돋아 주는 영혼의 격려는 낙관과 자신감을 갖게 해 주는 행위이다.

파김치가 된 자아를 격려하자. 거울을 보고 한번쯤은 자신의 얼굴도 쓰다듬어 주자. 양손을 가슴에 대고 한번쯤은 '넌 정말 멋진 사람이야! 어떻게 그런 생각을 했어? 어떻게 그런 행동을 할 수 있어? 역시 넌 최고야' 라고 격려해 보자. 이를 자기 충족적 예언이라고 한다. 자신이 무엇인가를 해낼 수 있다고 스스로 예언하는 사람에게 보다 좋은 기회가 열릴 것이다. 자신 없는 말투와 행동에 대해 지지를 보내는 사람은 아무도 없다.

송 포 유(Song for you)
-나쁜 프로그램

좋은 소프트웨어는 양식이다.　　　　　　　- 김정겸

피타고라스는 인간의 육체가 병들었을 때는 약으로 치료
할 수 있지만 인간의 영혼이 병들었을 때는 음악으로 치료해
야 한다고 했다. 플라톤도 신체훈련이 끝나면 음악 교육을
통해 정서적 안정을 가져야 하고 최종적으로 철인교육시기
에 변증법적 철학교육을 통해 철인통치자가 되어야 함을 강
조한다.

음악은 영혼의 치료자이다. 모 텔레비전 방송국 파일럿 예
능 프로그램(견본 방송용 프로그램) '송 포 유'가 사회적으로 문
제가 대두된 적이 있었다. 학생 간 폭력과 집단 따돌림의 소

재를 다루었는데, 특히 인터뷰 과정에서 가해 학생들의 건방진 태도를 옹호하는 듯한 방송국의 입장은 시청자들의 눈살을 찌푸리게 할 정도로 충격적인 것이었다.

왜 예능프로그램들이 이렇게 자극적일까? 그에 대한 답은 간단하다. 시청률이다. 영국 코미디 드라마인 '송 포 유'는 삶이 얼마 남지 않았지만 초긍정적 마인드를 가진 주인공 메리언이 합창 대리를 통해 사랑의 힘을 보여주는 것이다. 착한 영화이다. 반면에 우리나라의 '송 포 유'는 나쁜 프로그램이다. 보는 이들에게 감동을 주지 못했기 때문이다.

파일럿 테스트(Pilot test)는 시제품적 성격을 띤다. 한번 던져보고 반응이 좋으면 정규 프로그램으로 편성된다. 따라서 정규 프로그램으로 편성되기 위해 시청자의 뜨거운 관심과 반응을 불러 일으켜야 한다. 오랜 시간을 두고 반응을 보는 것이라면 문제가 되지 않지만 짧은 시간에 시청률을 높이기 위해서는 프로그램 내용이 독해야 한다. 그래야 살아남는 것이니까. 예능 대세라는 프로그램 중 '진짜 사나이', '정글의 법칙', '스플래쉬' 등은 말 그대로 독하다. 독한 자극을 통해 반응을 유도하려는 것이다.

우리는 강한 자극들로 충격을 많이 받아왔다. 이런 독한 자극이 계속되면서 감각이 무뎌져 이제 웬만한 자극은 자극도 아닌 것처럼 받아들여진다. 그러니 텔레비전 프로그램은 좀 더 자극적으로 시청자를 자극해야 한다.

자극이라는 말은 행동주의에서 쓰는 용어다. 자극에는 반성적 사고의 과정이 없다. 파블로프(Ivan Petrovich Pavlov; 생리학자, 1849~1936)의 고전적 행동주의에서처럼 단순히 자극을 통해 반응이 이어진다. 점점 높은 강도의 자극이 들어오지 않으면 반응은 떨어지게 되어 있다.

'사랑의 리퀘스트', '다큐멘터리 3일', '인간극장' 등의 휴먼 드라마(Human drama)가 그립다. 연예인이 먹고 살기 위해 독한 말을 내뱉어야 하는 슬픈 현실이 싫다. 자신이 전과범이라는 이야기가 정말 필요했을까? 물론 이야기의 의도는 학생들을 교화시킨다는 것이었지만 전과범이 표준은 아니다. 이 사회를 이끌어가는 것은 몇몇의 특수한 사례를 갖고 있는 사람이 아니라 표준적인 규준을 갖고 있는 사람들이다. '위대한 탄생'이라는 콘테스트에서 국민 할매 김태원 씨가 가슴이 따뜻한 사람으로 등극한 것은 그분의 독한 말이 아니라 상대방의 아픔을 어루만져 주는 말 때문이다. 사랑을 쏟아내는 프로그램을 통해 독해진 우리 마음을 순화시켜 주었으면 좋겠다.

헤드십(Headship)에서
리더십(Leadership)을 기대하며

오로지 홀로 모든 일을 해내려 하거나 또 그렇게 함으로써
모든 명성을 혼자 받길 원한다면 결코 위대한 리더가 될 수
없다.　　　　　　　　　　　　　　 - 앤드류 카네기(기업인)

　북방한계선(NLL). 6·25전쟁 이후 정전협정을 체결하면서
비무장지대(DMZ) 설정과 더불어 군사분계선과 관할점령지
를 명확히 했다. 그러나 해상에서의 분계선은 명확히 합의하
지 않아서 문제가 발생했다.

　북방한계선은 국권수호를 위해 매우 중요하지 않을 수 없
다. 독도 영토권 수호도 우리의 생존권이 달려 있는 것이기
에 절대 포기 못하듯이 북방한계선도 역시 같은 선상에 있기
에 절대 포기 못하는 것이다. '독도가 일본 땅이라 주장한다
면 대마도는 우리 땅이다'라고 외치는 지도자를 두지 못한

현시점에서 지도성이란 무엇인가를 살펴봄으로써 우리 지도 자들의 각성을 촉구하고자 한다.

리더십은 지도자와 추종자 간의 상호작용에 의해 발생하고 직무수행 과정에서 형성된다. 지도자와 구성원 간에 보상을 교환하는 교환적 지도성은 행동주의적 입장에서 구성원을 길들일 수 있다는 점에서 변혁적 지도성보다는 덜 인간적이다. 변혁적 지도성은 구성원과의 인격적 감화, 개인적인 접촉을 통해 조직의 변화를 꾀하고자 한다는 점에서 바람직하다.

국회의원들의 구시대적인 지도력인 헤드십(Headship)은 없어져야 할 것이다. 지도(指導)의 지(指)는 가장 보편적 의미로 '손가락' 이지만 확장적 의미로 보면 '곧추섬', '마음', '아름답다' 이다.

보편적 의미인 '손가락' 으로 해석하면 헤드십은 우리 위에서 지시·명령하겠다는 뜻이다. 이는 일방성, 강제성의 성격을 지녔으며 공식적 상하의 관계가 끝나면 즉시 소멸되어 버리는 지도성이다.

확장적 의미인 '곧추섬', '마음', '아름다움' 으로 해석하면 추종하는 우리가 스스로 우러나온 마음으로 지도자를 따르게 되는 리더십(Leadership)이란 의미가 된다. 이는 자발성, 상호성을 지녔으며 지도자와 부하는 심리적 공감을 갖게 된다. 물론 공식적인 상하관계가 끝나는 것과는 관계없이 상호작용이 계속된다.

도(導)의 보편적 의미는 '이끌다'이다. '이끌다'라고 해석한다면 부하의 의지와는 상관없이 상사의 마음대로 행한다는 헤드십인 것이다. 하지만 도(導)라는 글자를 분석해 보면 도(道)와 부여잡다(寸)의 의미가 결합되어 있다. 동양에서 도(道)는 형이상학적 의미로 '마땅히 가야 할 길'(정도[正道])을 의미한다. 상사나 부하는 마땅히 가야 할 길을 가야 한다. 어느 한 명이 그 길을 벗어났다면 붙잡고 이끌어야 한다. 따라서 도(導)는 상호성을 의미하는 리더십의 특징이 되는 것이다.

영어에서 헤드십은 '우두머리'를 의미한다. 따라서 자신의 이익이나 편리함만을 추구하는 머리만 있는 것이지 상호작용하여 배려하는 마음은 없는 것이다.

우린 지금 국회의원들의 당리당략만 쫓는 헤드십에 가슴 아파 한다. 거꾸로 우리가 아니 내가 그들을 붙잡고 '가야 할 올바른 길'로 인도해야 하는 리더십을 발휘해야 하는 걸까?

스마트(Smart)한 시대의 슬로우(Slow)
-2G로 회귀하자

나태가 아무것도 하지 않고 방치하는 게으른 상태라면 느림은 삶의 매 순간을 구석구석 느끼기 위해 속도를 늦추는 적극적인 선택이다.　　　　　　　　-피에르 쌍소(작가)

　느림의 미학도 좋은 것이다. 느림에는 여유, 사랑, 협동, 인내가 있다. '앞으로 나란히' 만 강조하다 보니 내가 저 사람보다는 앞서 가야 한다는 경쟁심을 갖게 된다. 경쟁이 나쁜 것은 아니다. 신자유주의 사회에서 경쟁은 필요악이다. 그러나 그건 사회에서 할 이야기이다. 가정이나 전철이나 공연장 등에서는 경쟁이 필요 없다. 이럴 때는 느림으로 그 자체를 즐겨야 한다. 빠름을 주도하는 사회에서 나타나는 현상을 통해 느림의 아름다움을 살펴보자.

　스마트폰의 속성을 살펴보자. 스마트폰은 말 그대로 스마트하다. 스마트 기기를 다룰 줄 모르는 사람은 스마트하지 못한 것으로 낙인찍힌다. 2G→3G→4G의 진화는 기능 면에서뿐만 아니라 속도 면에서의 빠름도 나타낸다. 4G는 3G보다 5배 정도 빠르다. 2020년 이후에는 5G가 나올 예정이란다. 5G는 4G보다 10배 이상 빠르다고 한다.

미국에서는 새로 산 컴퓨터가 며칠 되지 않아 고장이 난다고 한다. 그 이유는 속도가 너무 느려 발로 컴퓨터를 차버리기 때문이라는 것이다. 반면 우리나라는 빨라도 너무 빠르다. IT 강국답다. 그러나 이 빠름은 우리의 성격형성에 많은 영향을 주었다. 급해졌다.

공부를 하는데도 그 원리나 법칙을 공부해서 문제해결을 하기보다는 방법만을 추구한다. 논술형 보다는 객관식을 선호하는 이유는 느림을 인내하지 못하기 때문이다. 카간(Kagan)이라는 사람은 학습자의 인지양식을 충동형과 숙고형으로 나누었다. 숙고형이 2G처럼 느리게 많은 생각을 하여 답을 하는 사람이라면 충동형은 4G처럼 질문에 즉각적으로 답을 하는 사람이다.

패스트 푸드(Fast food)에서도 인간성을 살펴보자. 우리나라 음식은 전통적으로 슬로우 푸드(Slow food)이다. 음식에는 만드는 사람의 영혼과 철학이 깃들어 있다. 아픈 이를 위한 음식, 사랑하는 이를 위한 음식, 존경하는 사람을 위한 음식 등 배려가 있는 것이 음식의 속성이다. 그러나 패스트 푸드는 표준화되어 있다. 공장의 기계에서 쏟아져 나오는 영혼 없는 음식이다. 표준화된 음식에는 정성도 사랑도 창의력도 없다. 이런 음식은 인간의 사고마저도 획일화시키고 성질을 급하게 만든다.

우리 음식은 슬로우 푸드이다. 한식에는 철학이 있다.

첫째, 인내심을 길러준다. 밥을 하려면 쌀을 불리고 뜸을 들이는 등 기다림의 시간이 필요하다. 기다림은 설렘이다. 기다리는 동안 밥을 먹는 사람이 맛있게 먹을까, 좋아할까 등의 설렘을 가진다. 뿐만 아니라 사람을 계획적으로 만들어준다. 밥이 다 되기를 기다리는 시간에 다른 일을 할 수 있도록 한다.

둘째, 사랑을 심어준다. 밥에는 밥 짓는 이의 사랑이 들어간다. 정성과 사랑이 없는 밥은 맛이 없다. 또한 밥상이 차려졌다고 무조건 밥을 먹는 것이 아니라 예(禮)를 갖추어야 한다. 아랫사람이 윗사람에게 예를 차리면 윗사람은 아랫사람에게 사랑을 베푼다. 정약용은 윗사람의 아랫사람에 대한 베풂을 자애로움(慈)으로 보았다. 아버지가 오실 때까지 기다리다 어린 아이는 밥상 앞에서 졸고 만다. 이때 아버지가 오셔서 아이를 깨워 같이 밥을 먹기 시작한다. 아버지는 '꼭꼭 씹어 먹어라. 체할라.' 하고 말씀하신다. 막 잠에서 깬 아이가 허겁지겁 먹다가 탈이 날까봐. 이것이 사랑이다.

셋째, 협동심을 길러준다. 어머니가 밥을 짓도록 돕기 위해 나무 장작도 마련하고 물도 길어 드리고 장독대에 가서 장도 갖고 와야 한다. 인간애와 배려가 나타나는 것이다.

이렇게 슬로우 푸드에는 철학이 있다. 철학은 지혜로움(智)을 구하는 학문이다. 먹는 사람의 기질을 바꿀 수 있는 음식을 개발하는 지혜로움을 발휘한다. 케이티엑스(KTX) 같은 빠름이 꼭 좋은 것만은 아니다. 느려서 한참을 바라볼 수 있는 무궁화호 같은 느림이 좋다.

인생의 제어도 필요하다

남을 아는 사람은 지혜가 있는 자이지만 자기를 아는 사람
은 더욱 현명한 자이다. 남을 이기는 사람은 힘 있는 자이지
만 자기 스스로 이기는 사람은 더욱 강한 사람이다.

-노자(동양 철학자)

이명박 정부 때 '오렌지(orange)'에 대한 발음이 우스개로 등장했었다. '오렌지'로 발음하니까 아무도 못 알아들으니 '아린쥐'로 발음해야 한다며 영어 몰입교육을 강조하면서 등장한 단어이다.

'몰입(Flow)'이란 무엇인가? 몰입을 주장한 칙첸트미하이 (Csikszentmihalyi)는 '몰입은 경험의 최적의 상태'라고 정의한다. 두 사람이 출근을 할 때 두 사람은 똑같이 즐겁지 않을 수 있다. 한 사람은 즐거워도 다른 한 사람은 즐겁지 않을 수

도 있다. 이때 즐거운 사람은 몰입상태에 있는 것이다. 누구나 자신이 좋아하는 것에는 몰입을 하게 된다.

몰입의 조건은 흥미이다. 흥미는 영어로 'interest'이다. 이 단어는 'inter(사이)'와 'esse(있다)'에서 나온 것이다. 즉, 거리가 있는 두 사물을 관련짓는 것이다. 내가 무엇인가에 흥미가 있다고 할 때 나와 그 무엇 사이의 거리가 짧아지게 된다. 흥미를 느끼기 때문에 그 일에 모든 에너지를 쏟아 붓게 됨으로써 성공하게 되는 것이다. 흥미와 몰입은 열정을 가져온다. 열정 없이 이루어지는 것은 아무것도 없다. 열정은 노력을 갖고 오게 되고 그 노력은 성실성을 갖고 오는 것이다. 따라서 '성공=f(몰입×노력×열정)'이라는 공식을 유도할 수 있다.

몰입에는 제어라는 속성도 있음을 간과해서는 안 된다. 미디어가 발달한 오늘날은 스마트(smart)한 시대이다. 스마트 기기를 다룰 줄 모르는 사람을 스마트하지 못한 것으로 생각하기에 이르렀다. 아이러니하게도 문제는 이 스마트 기기에 있다. 스마트 기기에의 몰입은 인간의 본성까지도 잃게 한다.

플린효과(Flynn effect)라는 것이 있다. 뉴질랜드 심리학자 제임스 플린(James Flynn)이 주장한 것으로 '신세대의 지능지수는 구세대의 지능지수보다 높다'는 것이다. 그 원인은 인터넷에 있다. 인터넷은 스마트하다. 우리가 필요로 하는 순간에 언제든지 정보를 제공해준다. 요즘은 스마트폰 자체가 그 기능을 다하고 있다. 그러나 이런 스마트 기기는 인지(認知)적 영역에서의 몰입을 주어 지능 발달에 기여하겠지만 정의(情意)적 영역에서는 스마트함을 보여주지 못한다.

스마트 기기에의 몰입은 대인관계에서 거리를 두게 만드는 요인으로 등장했다. 상대방을 앞에 두고 스마트폰에 몰입한다. 대화가 없어진다. 저 사람이 진짜 무엇을 원하고 어디가 아프고 불편한지를 알려 하지 않는다. 몰입하는 만큼 제어도 필요하다.

일전에 연예인 일가족이 자살하는 사건을 접했다. 가상의 세계에서 이루어진 사건을 진짜 사건인 듯 느껴 상대방에 대한 배려 없는 행위로 발생한 사건이다. 가상의 세계는 현실의 세계가 아니다. 스마트 기기의 보급은 혼자서도 살 수 있는 세상을 만들었다. 내 마음대로 되지 않으면 욕을 배설하여 자신의 불편한 마음을 해소하면 된다. 남에 대한 배려는 어디에도 없다. 가상의 공간은 공상의 공간이다.

이 세계에서 나는 주인공이 된다. 빠르게 충족되는 이 가상의 세계에서 인내심은 상실되고 만다. 패스트 푸드처럼 즉

각적인 만족을 꾀하지 못하면 파괴가 자행된다. 모 휴대전화 광고에서처럼 '빠름~ 빠름~'이 제어를 상실하게 만든다. 가끔은 스마트한 삶에 랙(lag)이 걸려 자신을 돌아볼 기회를 가졌으면 좋겠다.

흥미 뒤에는 몰입이 따르게 된다. 성공을 위해 위에서 언급한 공식도 필요하다. 그러나 자신만을 위한 성공이 아닌 사회발전을 위한 성공에로의 몰입이 필요하다. 그렇게 하기 위해 당신의 제어 장치는 잘 작동되고 있는지를 돌아볼 필요가 있다.

영혼을 팔아넘긴 파우스트의 삶이 아닌 함께 살아가는 사회를 위한 몰입과 통제가 필요하다.

웃음의 미학

웃음이 없는 진리는 진리가 아니다. 오늘 가장 좋게 웃는 자
는 역시 최후에도 웃을 것이다.   —니체(서양 철학자)

　종북(從北) 문제로 시끄럽다. 혼외(婚外) 자식의 문제로 어지
럽다. 종북주의자가 검찰에 소환되기 전에 지은 미소와 혼외
자식으로 문제가 된 공직자가 청사를 나오면서 지은 미
소…….

　미국에서 한인 엄마를 79차례나 흉기로 찔러 숨지게 한
이사벨라 윤미 구스만(18)은 법정에서 방송 카메라를 보자 태
연하게 웃으면서 장난을 쳐 우리를 경악하게 만들었다.

　미소(微笑)는 '소리를 내지 않고 빙긋이 웃음'으로 정의된

다. 그런데 이 미소가 가져다주는 정치적인 의미는 상당히 많다. 미소(微笑)에서 '미(微)'의 뜻을 살펴보면 '숨기다', '몰래' 등의 의미가 담겨 있다. '소(笑)'의 뜻은 '기뻐서 웃다(악연후소[樂然後笑])'와 '비웃다(이오십보소백보[以吾十步笑百步])'가 있다. 웃음 뒤에 숨겨져 있는 의미가 보는 이를 즐겁게 하거나 분노하게 한다.

영어에서는 미소라는 단어가 쓰임에 따라 그 용법이 다르다. 예를 들면 비웃을 때는 'ridicule'이나 'sneer'를 사용하고, 갑작스런 큰 웃음은 'guffaw', 킬킬거리고 웃을 때는 'giggle', 생글생글 웃을 때는 'smile', 크게 소리내어 웃을 때는 'laugh'라는 단어를 쓴다.

은퇴자(retire)를 '새로운(re)' + '타이어(tire)'라고 정의를 내리면 신노년을 정열적으로 살아가는 사람들의 웃음은 'Smile'일 것이다. 딸(daughter)의 재롱을 보고 기뻐서 큰 소리를 내어 웃는 웃음은 'laughter(daughter에서 d 대신에 l을 넣으면 웃음)'일 것이다. 묘하게 daughter와 laughter가 닮아 있다. 이 웃음은 살인마(slaughter)가 대량학살을 저지르고 광적으로 웃는 일본 총리의 웃음(laughter)과는 다른 웃음이다. laughter와 slaughter도 묘하게 닮아 있다.

도산 안창호 선생은 '스마일 운동'을 전개하였다. 안창호 선생은 '공부 중에 심리(心理)를 화평하게 하는 공부가 큰 공부이다. 왜? 가장 큰 행복이기 때문에. 언제든지 스마일'이라는 명언을 했다. 그는 우리 민족이 숨은 정은 많은데 표현이 없는 민족이 되어 버렸다고 하면서 스마일 운동을 전개하였지만 일제의 압력에 의해 무산되었다.

심리학자 골드 박사가 40년 동안의 교단생활을 마치고 자신이 배출한 제자를 살펴 연구한 결과 성공한 사람들의 5가지 특징을 발견했는데, 그 중 하나가 항상 웃는다는 것이다.

웃음은 자아 효능감과 자아 존중감을 높여준다. 웃는 얼굴에서 평온함을 느낄 수 있다. '일소일소 일노일노(一笑一笑 一怒一怒)'라는 말도 있지 않은가. 한 번 웃으면 젊어지고 한 번 화를 내면 늙는다.

웃음 뒤에 숨어 있는 정치적 의미는 무엇인지 모른다. 그러나 그 웃음 때문에 보는 사람들이 분노를 느낀다면 그 웃음을 짓는 사람은 깨끗한 마음을 지니지 못한 사람임에 분명하다.

완이이소(莞爾而笑; 빙그레 웃음)는 두 가지 차원에서 살펴볼 수 있다.

하나는 초나라 충신 굴원(屈原)에게서 찾아볼 수 있다. 그가 추방되어 방황할 때 어떤 어부를 만난다. 어부에게 굴원이 자기의 억울함을 호소하자 어부는 빙그레 웃고(완이이소) 배를 몰고 떠나갔다. 이때 완이이소는 '넌 아직 멀었다' 라는 냉소와 조롱의 비웃음(sneer)이다.

다른 하나는 논어(論語)에 나오는 내용에서 찾아볼 수 있다. 공자의 제자 자유(子游)가 다스리던 성에서 들리는 음악 소리를 듣고 공자는 완이이소(莞爾而笑)하였다. 그러면서 '닭 잡는데 소 잡는 칼을 쓰는구나' 라고 하자 자유는 '선생님께서 가르쳐 주신대로 했다' 고 하였다. 그러자 공자는 '네 말이 옳다, 농담 한번 했다' 라고 한다. 여기서 완이이소는 격려와 흐뭇함의 미소(smile)일 것이다.

우리 국민은 첫 번째 의미의 완이이소보다는 두 번째 의미의 완이이소를 사랑한다.

아이들의 문화를 알자

문화인이 평등한 진정한 시도이다.   -매슈 아널드(시인)

서태지가 〈난 알아요〉를 들고 나왔을 때 기성세대는 농담 삼아 '지가 알긴 뭘 알아'라고 말했다. 그러나 그 노래는 학생들 세계를 발칵 뒤집어 놓았다. 서태지는 '아이들의 문화'를 알고 있었다.

원더걸스의 〈텔미〉와 〈노바디〉, 손담비의 〈미쳤어〉와 〈토요일 밤에〉, 포미닛의 〈핫이슈〉, 브라운아이드걸스의 〈어쩌다〉, 슈퍼주니어의 〈쏘리 쏘리〉는 이제껏 들어 보지 못했던 반복적인 가사(후크송[hook song])이다. 이는 지금까지 교과서로 여겨져 왔던 형식의 틀을 깨버리는 가요계의 혁명이다.

반복되는 음에 자꾸 노출되다 보니 우리는 어쩔 수 없이 그에 익숙해지고 애착을 갖게 된다. '반복적 노출은 사회적 애착'이라고 말한 로버트 자이언스(Robert Zajonc; 미국 심리학자)의 말이 틀린 말이 아니다.

〈난 알아요〉가 나오기 전까지의 가사와 곡은 일정한 틀에 맞추어진 전형(典型)이어야 했다. '전형적'이라는 말은 같은 부류 안에서 가장 일반적이고 본질적인 특성을 가진 것이라는 뜻이다. 그러나 〈난 알아요〉는 빠른 리듬에 랩(rap)이라는 새로운 형식을 제시했다. 랩은 강렬하고 반복적인 리듬에 맞춰 가사를 읊듯이 노래하는 대중음악이다. 놀랍고 신선했다.

랩은 빠른 박자만큼 아이들의 가슴을 뛰게 했고 젊은 세대들만이 따라할 수 있는 전유물이 되었다. 이는 기성세대에 대한 도전이었다. 지금까지 억눌려 왔던 젊은 세대들에게서 자신들만의 독특함을 보여 주고 싶은 욕망이 폭발하기 시작했다. 소위 포스트모더니즘(Postmodernism)의 출현인 것이다.

이제까지 공통성만 강요해 왔고 획일적인 사고방식의 교육과 주입식 교육이 이루어졌었다. 모더니즘(Modernism)적 진리는 누구에게나 똑같은 답을 강요하는 획일적 진리이다. 예를 들면 '수상한 사람을 보았을 때 어떻게 해야 하는가?'라는 질문에는 '113에 신고해야 한다'만이 정답인 것이다.

'어른에게 알린다' 도 맞는 답이지만 이는 정답이 되지 않는다. 하지만 서태지 세대들은 '113'과 '이웃집 어른' 모두가 정답이라는 것이다.

대중문화는 기존의 귀족문화에 대해 자연 발생적이다. 기존 세대의 문화에 대한 저항 문화를 청소년 문화로 보면 그네들을 이해할 수 있다. 청소년의 기존 세대에 대한 저항 문화는 변화를 예고하는 것이다. 윌리스(P. Willis)는 저항이론에서 청소년을 '반학교 문화를 형성'하는 자율적이고 능동적인 존재로 본다.

인간은 수동적인 존재에서 벗어나 불평등한 사회 구조를 개혁할 수 있다고 본다. 기존 기득권 세대는 청소년 문화를 제대로 이해해야 정확한 의사소통이 이루어질 수 있다. 공통성과 전체성만을 추구해 왔던 기성세대가 차이성을 주장하는 개성만점의 그네들을 이해하기가 힘들 것이다. 그러나 정신세계는 이해의 학문이다. 이해는 상호작용과 의미소통의 과정이다. 정신세계를 실증적으로 이해하려는 기성세대는 절대로 젊은 세대의 문화를 이해할 수 없다.

학교는 푸코(Michel Foucault; 문화 연구자, 1926~1984)의 말처럼 학교규율이나 시험을 통해 학생들의 모든 것을 감시하는

'원형감옥(파놉티콘[panopticon])'이다. 가정도 틀에 짜인대로 움직여야 하는 로봇 역할을 강요해 왔다. 이런 보이지 않는 틀 속에서 서태지는 해방구였다.

대한민국이 경제협력개발기구(OECD) 가입국 중 이라크 다음으로 갈등지수가 높다고 한다. 이념갈등, 세대갈등, 지역갈등, 공공갈등으로 인해 사회적 손실이 무척 크다. 이 갈등을 해결할 수 있는 가장 좋은 방법은 역지사지(易地思之)의 입장이 되어 서로를 이해하는 것이다.

영어로 역지사지를 'put oneself into a person's shoes'로 표현한다. 자신을 다른 사람의 신발 속으로 넣어 보라는 뜻이다. 남의 신발은 맞지 않는다. 이때 상대방이 얼마나 불편했던가를 이해할 수 있다. 이제 모더니즘적 기성세대는 포스트모더니즘적 사유의 젊은 세대를 그들의 입장에서 이해해야 한다. 거꾸로 젊은 세대는 기성세대에 대한 배려를 이해하려고 노력해야 한다. 이때 진정한 의사소통이 이루어질 수 있다. 정치도 마찬가지이다. 갈등이 없는 사회를 위하여 끊임없이 노력하는 사람이 되기를 기원한다.

의혹 혹(或)

한자는 우리에게 지혜로움을 준다. 한자를 한 글자 한 글자씩 풀어 보면 재미있는 현상을 찾아볼 수 있다.

우리는 간혹 존경받는 직업이나 선망의 대상이 되는 직업에 대한 설문조사 결과를 접한다. 그때마다 참으로 유감스럽게 국회의원이란 직업이 불명예스러운 자리를 차지한다. 이 글은 국회의원이라는 글자를 분석한 의미를 되새겨 보고 여론이 어떠한가를 알기 위함이니 혹여 누군가 읽고 노여워하지 않음이 타당할 것이다. 국회의원(國會議員)이라는 낱글자를 살펴보고 맹자의 사상과의 관련성을 살펴보려고 한다.

첫째, 국회(國會).

나라 국(國)에서 '口' 안에 있는 단어를 살펴보기로 하자. 혹(或)이라는 단어가 나타난다. 혹(或)의 사전적 의미는 '혹시(或是)'의 준말로 '그럴는지도 모른다'의 의미를 갖고 있다. 한자 사전에는 '괴이쩍게 여기다', '이상하게 생각하다'는 뜻이 명기되어 있다.

여기서 국회의원의 역할이 나온다. 나라의 의혹(疑惑; 믿을 수가 없어 수상하게 여김, 어떤 사실 따위를 믿을 수가 없어 수상하게 여김)점이 있다면 그것을 벗겨내는 일을 하는 것이 국회의원의 일이다. 그런데 그 의혹스러운 일에 국회의원들이 관련되어 있으니 국민들은 그들을 못 믿고 의혹 덩어리라고 질타를 한다.

그 다음 모여서 무슨 일을 하는가? 국사(國事)를 논의하고 올바르게 잡는 토론을 해야 한다. 그러나 국회의원이 되려면 나처럼 약한 몸을 갖고는 어림도 없겠다. 몸싸움에서 밀릴 터이니 말이다. 그들은 정말 국민을 위해 사적인 이익을 버리고 있는가? 귀하들의 지역구만을 챙기는 행태로 민생은 뒷전이 되고 만다. 창의력 기법 6가지 사고 모자 중 정치인은 흰색 사고를 하지 못하는가?

둘째, 의원(議員)

의(議)라는 단어는 '言'＋'義' 로 이루어진 것이다. 말씀(言)들이 올바른지(義) 되돌아보아야 하겠다. 그들이 내뱉는 막말은 부끄럽기 짝이 없다. 또 당론은 무슨 말인가? 국회라는 곳은 민주정치의 표상이지 않은가? 그런데 가장 민주적이어야 할 곳이 가장 민주적이지 못하다는 슬픈 현실을 아이들에게 어떻게 인식시킬 수 있는가? 맹자의 사단 중 의(義)를 살펴보면 인간은 의를 갖고 있기 때문에 불의를 부끄러워하는 마음인 수오지심(羞惡之心)이 나오게 된다. 국회의원들은 과연 귀하들의 행동을 부끄러워하고나 있는지?

국회에서 몸싸움하고 막말을 던지고 당리당략만을 위해 모이는 것이 최고의 의원인 듯하다. 맹자가 의와 관련하여 호연지기(浩然之氣)를 말한다. 호연지기란 지극히 크고 올곧은 도덕적 기개인데, 언제나 의를 추구함으로써 집의(集義: 의를 모으는 것)를 형성한다. 이런 사람이 대장부가 되는 것이다.

이 글을 읽고 부끄러웠다면 대장부의 길로 들어가기 위한 첫걸음은 떼셨습니다.

차별보다는 차이를 인정하는 사회로

차이는 '앞으로 나란히'가 아니라 '옆으로 나란히'이다.

— 김정겸

'앞으로 나란히'는 차별이며 닫힌 사회를 지향한다. '옆으로 나란히'는 더불어 있음으로 평등한 가치를 지닌 존재를 상징한다. '옆으로 나란히'에는 차이를 인정하지만 차별이 없는 사회 즉, 열린사회를 지향한다. 차이성을 강조하는 다원주의 사회(포스트모더니즘)로 나가야 한다.

현재 우리는 다원주의 사회에 들어와 있다. 유네스코(UNESCO)에서도 단일 민족주의를 포기하고 다원주의를 지향할 것을 권고하고 있다. 차별은 증오와 갈등을 낳게 하는 원인이 된다. 다원주의를 받아들일 수 있는 열린 사고를 가져야 할 것이다.

'너'도 '나'이니 '너'와 '내'가 다름이 아니다. '네가 내가 되고 내가 네가 되는 사회'는 다양성이 인정되고 다양한 사고를 받아들이는 창의적 세상이다. 나만 옳고 너는 다르다는 차별은 전체주의적 사회가 되고 획일적 사고만을 지향하는 닫힌 사회가 된다. 그런 사회는 푸코의 말처럼 '원형감옥'의 세계이다. 그런 사회는 우리를 맹종하게 하는 규율이나 규칙으로 지배하고 통치하려고 한다. 이런 사회에서는 너와 나의 참된 만남이 이루어질 수 없다.

부버(Martin Buber: 종교 철학자, 1878~1965) 식으로 말하자면 '너와 나'의 만남의 세계가 아니라 '나와 그것'의 세계가 된다.

'나와 너의 만남'은 나도 사람, 너도 사람으로서 존중한다는 것이다. 참 인격적 만남이 이루어지는 것이고 진정한 대화의 장이 이루어져 참된 교섭이 이루어질 수 있다. 그러나 '나와 그것의 만남'은 나만 사람이고 상대방을 비인격적 존재인 그것으로 보는 것이다. 이런 만남은 자기중심적이며, 상대방을 이용의 대상으로 보는 것이다. 이런 상황에서는 진정한 대화가 이루어질 수 없다.

노동자와 사용자, 여당과 야당, 부모와 자식, 남편과 아내의 관계에서 '나와 너'의 인격적 관계가 이루어졌을 때 롤즈(John Rawls; 미국 철학자)의 반성적 균형(중용[中庸])이 이루어진다. 역지사지(易地思之)의 입장이 되어 보는 것이다.

공자는 '기소불욕물시어인(己所不欲勿施於人)'이라 하여 서(恕)를 강조하였다. 서(恕)라는 단어는 마음(心)이 같다(如)라는 것으로 '내가 하고자 하는 것이 아니면 남에게도 베풀지 말라'는 것이다. 내가 하고자 하는 마음이 없는데 남의 마음은 더하지 않을까?

그러니 내 마음이 네 마음인 것이다(오심즉여심[吾心卽汝心]). 여기에는 같음과 배려와 돌봄이 있는 것이다. 차이를 인정하는 것은 같음과 배려와 돌봄이다. 이럴 때 '나란히(with)'가 될 것이고 '나=너'의 등식이 성립되어 갈등이 없게 될 것이다. 원효의 말을 빌자면 화쟁(和諍)이 될 것이고 밀러의 말을 빌자면 '홀리스틱(Holistic; 하나 됨)'의 세상이 될 것이다.

다원주의 사회에서는 내(內), 외(外)가 없다. 다원주의 사회를 대표하는 말로 '스튜(Stew) 이론'이 있다. 스튜는 '건더기와 국물이 함께 녹아들어 있는 것' 정도가 될 것이다. 즉, 건더기는 건더기 나름의 특성을 지니며 국물 속에 모든 건더기의 속성이 함께 녹아 들어있는 것이다. '샐러드 보울(salad bowl' 보다는 진일보한 생각인 것 같다. 샐러드 보울은 건더기가 그릇 속에 들어가 있지만 융합된 것이 아니라 따로따로 돌아다니는 것이다. 우리나라 그릇(bowl)에 많은 다인종(salad)이 있지만 그네들이 아직은 우리 문화에 동화하지 못한 주변인, 경계인으로 남아있다.

그네들에게서 비행이 저질러진다면 이런 차원에서 이해해야 한다. 그러나 스튜 이론에 따르면 각 인종의 문화(건더기)를 인정하면서 그네들이 대한민국의 일원(국물)으로서 인정이 되어야 화합을 할 수 있는 것이다. 이럴 때 '위드(with)'의 사유가 나오게 된다. 그네들과 진정한 대화(communicate with)가 이루어지며 이해가 될 것이다. 서로를 이해할 수 있다는 것은 갈등을 해소한다는 것이고 범죄가 줄어든다는 것이다.

내가 너를 인정할 때 너도 나를 인정한다. 내가 너를 이해할 때 너도 나를 이해한다. 일방적인 관계가 아닌 평화로운 쌍방의 관계를 지향하며…….

즐거워서 슬픈 날

결혼이란 상대를 이해하는 극한점이다.　　－팔만대장경

결혼식 때 자식에게 해주기 좋은 말을 고민해 본다.

훗날 자식이 '아빠의 아빠, 엄마의 엄마'에 대해 물어볼 때 기억되는 엄마, 아빠이었기를 기원하며 이 글을 쓴다.

너희들이 먼 별나라에서 우리 품에 왔을 때 그 자체가 행복이었고 기쁨이었단다. 이제 우리 품에서 벗어나 너희만의 세상을 그리게 되는 날이 즐거우면서 동시에 슬프구나. 슬픈 이유는 부모의 우산 아래서 보호를 받으며 자라왔던 너희가 모진 세파와 씨름을 해야 한다는 것 때문이란다.

여리고 어린 너희들에게 인생의 선배로서 몇 가지 당부하고자 한다.

첫째, Don't say, 'I should have done it'.

생각 없이 행하거나 말을 해서 후회하는 삶을 살지 말았으면 한단다. 부부에게도 해야 할 말, 하지 말아야 할 말이 있단다. 부부끼리도 지켜야 할 예가 있는 것이란다. 말과 행동을 함부로 해서 부부간에 신뢰가 깨져서는 안 되겠구나.

둘째, 부부간에 도움이 되는 사람이 되었으면 한다.

아내는 남편을 내조(內助)하고 남편은 아내를 외조(外助)하여 남편은 음덕(陰德)을 아내는 양덕(陽德)을 보았으면 한다. 이는 부부끼리 서로 도와가며 발전하는 사람이 되라는 것이란다. 부부끼리는 누가 더 잘나고 누가 더 모자란 것이 아니란다.

셋째, 현재를 충실히 살아갔으면 한다.

뜬구름 잡으려 하지 말았으면 한다. '현재'라는 영어 단어 'present'를 살펴보면 선물이라는 뜻이 있단다. 현재는 너희에게 선물이란다. 현재의 어제가 과거이고 현재의 내일이 미래란다. 현재를 충실히 살았다는 것은 과거에 열심히 살았다는 것이고 미래를 보장한다는 말이란다. 지금이 너희의 미래란다. 너희가 사랑한 만큼 현재를 사랑하고 현재에 충실하였으면 한단다.

넷째, 물은 100℃에서 끓는다.

물은 99℃에서는 절대 끓지 않는단다. 1℃가 부족하면 물은 끓지 않는단다. 음식을 해도 맛이 없을 것이고 병원균으로 가득 차겠지. 1℃가 부족하면 무엇이든 미완성이 되는 거란다. 하찮은 것처럼 보이는 1℃는 무엇인가를 완성시키는 거대한 힘을 갖고 있는 것이다. 모든 일에서 1℃의 열정을 갖고 행하면 좋겠다. 1℃의 열정이 너의 미래를 결정한단다.

마지막으로, '어두육미'의 의미를 재해석해서 알려 주고 싶구나.

생선은 머리가 맛있다고들 하지. 그러나 생선 머리는 절대 맛이 없단다. 아빠의 아빠는 생선을 구어주실 때마다 맛있는 몸통은 아빠에게 주고 생선 대가리, 뼈, 내장은 당신께서 드셨단다. 훗날 너를 기르며 아빠가 먹어보았을 때 정말 맛이 없더구나. 어두육미(魚頭肉尾)는 부모의 자식사랑이었단다. 우리가 너희를 사랑으로 키웠듯이 이 사랑이 내리 이어지겠지만 너희의 부모를 거꾸로 사랑할 수 있도록 했으면 한다.

부부란 미지수 x란다. 미지수 x에 무엇을 채워놓느냐에 따라 부부의 의미가 달라질 것이다. 미지수 x를 채워 넣는 것은 너희의 몫이란다. '~ing'의 삶이 될 때 성장하는 것이란다. '~ed'는 땅속에 묻힐 때의 상황이란다. 삶은 '~ing'란다. 그런 풍요로운 삶을 살기 위한 선물이 미지수란다. 앞으로 많은 것을 경험해 가면서 좋은 것으로 많이 채워 넣어서 부부라는 말을 아름답게 했으면 한다.

우리들의 영원한 아이돌(idol)에게
너희들의 영원한 팬(fan) 엄마 아빠가.

생각의 차이
–차이를 인정하자

생각이란 자신과 말하는 것이다 　　　　　– 칸트(서양 철학자)

우리는 죽을 때까지 사랑타령을 한다. 그 사랑타령 하는 이유는 서로의 관념 즉, 생각이 다르기 때문이다. 그 관념을 공유할 수 없기 때문에 사랑타령을 하는 것이다. 나의 사랑은 '손잡아 주는 것' 인데 그녀의 사랑은 '밥 사주는 것' 일 수 있다. 따라서 이런 관념의 차이 때문에 사랑은 정의를 내릴 수 없다. 고로 항상 인간은 사랑을 정의하기 꺼려하여 빈칸으로 놓아둔다. 관념의 차이 때문에 빈칸에 채워 넣어야 할 말이 상당히 많다. X라고 채워놓은 사람이 Y라고 채워놓은 사람을 욕할 수 없다.

인터넷에 매일 이러 저러한 사건 내용이 올라온다. 스마트폰으로 사건을 검색해 보면 '라이브 톡'이라는 곳이 있는데 여기에 '내 생각을 남겨 주세요'라는 공간이 있다. 그들이 남긴 이야기를 보면 전부 각자의 생각을 올리고 있다. 그리고 많은 사람들이 자신들의 생각과 다르다고 악의적인 댓글을 달고 있다. 더러운 말로 그들의 욕구를 배설하고 있다.

배설(排泄) 욕구는 프로이드 식으로 말하면 항문기 때나 나타나는 것이다. 남을 비꼬는 행위는 구강기 때의 고착으로 나타나는 병리적 현상이다. 즉, 정신적으로 병을 앓고 있다는 것이다. 나와 다르기 때문에 배척해야 한다는 생각이 사회를 혼란스럽게 만든다.

물리적 폭력만이 폭력이 아니다. 물리적 폭력은 일시적인 육체적 고통을 가져올 수 있지만 언어적 폭력은 정신적인 고통을 갖고 온다. 자신이 옳고 상대방은 틀리다고 생각하는 절대 기준은 어디에 있는가? 자신의 기분이나 마음에 들지 않으면 모두 적이다. 적은 줄어야 한다. 그러니 악의적인 댓글로라도 죽이려 든다. 공격을 받은 사람은 스스로 목숨을 놓아 버린다. 악성 댓글자들은 간접 살인자이다.

생각(生角)이란 단어가 갖고 있는 뜻은 '저절로 빠지기 전에 잘라낸 사슴의 뿔(甬)'이다. 따라서 생각은 완전한 것이 못

된다. 왜냐하면 곡식도 익어서 온전한 낱알이 되어야 먹을 수 있는 것이 되는 법인데, 다 자라서 저절로 빠져야 하는 사슴뿔을 다 자라기도 전에 잘라내었기 때문이다. 즉, 생각이란 미숙한 것이다.

사고라는 것은 전략을 세우고 미래를 내다보게 하는 것이다. 따라서 사고의 핵심은 예측에 있다. 나와 세계를 연결시키는 매개체는 언어, 관념(사고)이다. 즉, 나와 세계를 관계 짓는 것은 인식론적 관계(사고)이다. 내가 관계하고 있는 세계에 대한 건설적인 미래 전략을 세우는 것이 사고의 훌륭한 기능이다. 그러나 관계를 맺고 있는 세상에 화를 내고 있다. 화는 이성의 영역이 아니라 감정의 영역이다. 그렇기 때문에 화 즉, 분노는 파괴적이고 적대적인 감정이다. 불같은(火) 화는 독이 된다.

불교에서는 탐(貪), 진(嗔), 치(痴) 세 가지 독이 있다고 본다. 탐(貪)은 지나치게 욕심을 내는 것이고, 진(嗔)은 성을 내는 것이고, 치(痴)는 어리석음을 의미한다. 이 세 가지 모두 인간에게 해로운 것이다. 지나치게 많은 것을 갖겠다는 욕심은 집착을 갖게 한다. 많은 것을 갖지 못했을 때 화를 낸다. 이 모두 어리석은 것이다.

우리는 자신이 어리석다는 사실 자체를 깨달아야 한다. 소크라테스가 말한 무지의 자각이 필요하다. 분노했을 때 우리는 생각 없는 즉, 개념 없는 말을 쏟아낸다. 그 결과 자신에게 불행이 되어 돌아온다. 이런 사람에게는 미래가 없다. 보다 나은 미래를 위해 많은 생각을 해야 할 시기이다.

숫자 1의 의미

특정 숫자는 길(吉)이나 흉(凶)을 나타내기도 한다. 나라별로 선호하는 숫자는 다르다. 홀수와 짝수로 나누어 볼 때 일반적으로 홀수보다는 짝수를 선호하기는 하지만 우리나라 같은 경우는 홀수를 선호하는 편이다. 부의금을 낼 때도 2, 4, 6, 8 보다는 1, 3, 5, 7 등 홀수의 숫자로 준다. 홀수는 길(吉)일을 의미하기 때문에 3월 3일(삼짇날), 7월 7일(칠석날) 등이 등장한다.

주역에서 홀수는 양(陽)을 짝수는 음(陰)을 나타내어 짝수와 홀수의 조화를 추구하기도 한다. 숫자가 홀수로만 되어 있다면 이빨 빠진 모습으로 불완전하다. 홀수와 짝수가 함께 구성되어 있어야 완전하고 안정된 모습을 취하는 것이다. 홀수 중 유독 우리는 '1', '처음'에 열광한다. 무엇 때문에 1에 집착할까?

1은 통일, 창조자, 본질 등을 의미한다. 중국에서는 양(陽), 남성, 좋은 것(吉)을 의미하고, 기독교에서는 신성함을 뜻하고, 이슬람교에서는 절대자를 의미한다. 피타고라스에게 있어 1은 만물의 기원으로 신·본질을 의미하고, 노자에게 있어 1은 '도(道)는 1을 낳고, 1은 2를 낳고, 2는 3을 낳고, 3은 만물을 낳다'라고 하여 생성의 근원이 된다. 이처럼 사람들에게 1이라는 숫자는 보통 경외의 대상이 된다. 그래서 첫째 아이, 첫 사랑, 첫 눈, 처음 해보는 경험 등에 대하여 신기해하고 즐거워한다.

숫자 1은 순결함을 의미한다. 그 어느 숫자에도 때 묻지 않은 출발점의 1은 완전함으로 가는 순결함을 갖고 있다. 1이 없으면 2가 없게 되고 결국 수 자체에 의미가 없다. 이런 의미에서 도가(道家)에서는 도(道)의 출발이 된다.

숫자 1처음은 설렘과 기대를 의미한다. 누구에게나 처음은 있기 마련이다. 좋은 경험이든 나쁜 경험이든 처음은 설렘과 기대로 다가온다. 결혼을 해서 낳는 첫 아이에 대한 설렘, 아들일까 딸일까 하는 기대감이 있듯 숫자 1은 우리를 흥분하게 하는 숫자이다. 첫 사랑, 첫 눈의 의미도 그래서 설렘이고 기대로 꽉 차있는 것이다.

숫자 1은 꼴찌에 대한 두려움이다. 누구에게 뒤처져있다는 느낌에는 자신이 패배자가 아닌가 하는 걱정이 들어있다. 그래서 처음이 되고자 하는 조바심을 갖게 된다. 숫자 1은 이처럼 열등감에서 벗어나게 하는 심리적 숫자이기도 하다. 그래서 '네가 제일이야' 라는 소리를 듣기 위해 모든 것을 쏟아 붓는다.

숫자 1은 외로움이다. 제1의 위치를 차지하기 위해 많은 것을 포기해야 한다. 가정과 친구를 포기할 수도 있다. 주변에 사람이 없어지고 고독해지기 시작한다. 이 외로움을 슬기롭게 극복해야 최고(1)가 될 수 있다. 외로움을 극복하는 방법이 반정서적인 것이라면 추락하게 된다. 정상(1)에 서기까지 힘들고 외롭지만 내려오는 것은 아주 빠르고 쉽다. 추락하는 것은 날개가 없다. 그러므로 외로움을 건전하고 유쾌한 방식으로 지켜내야 한다.

1은 좋다. 처음이라는 말도 좋다. 그러나 그 '좋음' 을 항상 내 것으로 하기 위한 열정은 1을 넘어 최대가 되어야 한다.

즉, 열정은 1이라는 숫자를 지키기 위한 1을 넘어선 심리적 숫자이다.

생각의 혁명을 꿈꾸며

토마스 쿤의 저서 『과학 혁명의 구조』에는 '패러다임'이 등장한다. 패러다임은 우리 인간이 쓰고 있는 안경이다. 각 시대는 그 시대별 안경이 있다. 우리 인간도 각자 나름의 안경을 쓰고 있다. 지금 나의 보편적 안경을 벗어버리고 완전히 새로운 나를 볼 수 있는 새로운 안경이 필요하다.

따라서 점진적으로 개선하는 것이 아닌, 혁명이 일어나야 한다. 예를 들면 프랑스 대혁명이나 산업혁명 같은 것이다. 산업혁명 이전에는 인력으로 베틀에서 베를 짰다. 그러나 산업혁명 후 전기라는 에너지의 발전으로 동력을 통해 방직 기계에서 옷을 만들어 내게 되었다. 이 동력의 힘은 석탄이다.
이처럼 산업혁명 전과 후라는 기준을 만들어 낸 것이 혁명이
라 할 수 있는 것이다.

패러다임의 전환이라고 했을 때 A라는 이론적 구조의 전
제와 B의 이론적 구조의 전제가 다른 것이다. 이처럼 전제가
다른데 의사소통이 이루어질 수 있겠는가? 내가 저 사람의
사고와 삶의 방식을 이해하기 위해서 변화가 일어나야 한다.
이제까지의 모델이 A였다면 완전히 다른 B로의 변혁이 이
루어져야 한다. '트랜스폼(transform)'이라는 단어를 보다시
피 형식 자체를 완전히 다른 것으로 바꾸는 것이다.

사고의 전환. 사고는 생각하는 행위뿐만 아니라 내가 생각
하는 것 자체의 변화가 일어나야 한다. 전근대적 사고방식에
서 근대적 사고방식으로의 이행에는 변혁이 있는 것이다.
'반드시 ~해야 한다'는 당위적 사고에서 '~그럴 수 있어'라
는 융통성 있는 사고로의 전환이 필요하다.

당위와 가능의 의미는 천지차이이다. 당위적 사고는 비합
리적인 신념을 갖게 할 수 있다. '아침에는 반드시 밥을 먹어
야 한다'라는 당위적 사고는 비합리적인 행동을 야기한다.
그러나 '바쁘면 밥 대신 빵을 먹을 수도 있어'라는 유연한

사고는 대립을 완화시킬 수 있다. 사람이 살아가는 사회는 둥글다. 둥글다는 것은 모나지 않다는 것이다. 둥근 '원'은 하나 됨과 화합이 있는 단어이다. 그러나 '모나다'는 것은 예각을 갖고 있다. 뾰족하다는 것은 무기가 된다.

'말 한마디로 천 냥 빚을 갚는다'란 속담이 있다. 뾰족한 말은 상대방의 가슴을 아프게 한다. 생각 없이 내던진 말에 듣는 이는 낙담하게 된다. 이제는 상대방의 마음을 헤아려줄 줄 아는 생각하는 행위가 필요하다. 부메랑은 반드시 던진 사람에게 다시 돌아온다. 말도 부메랑이다. 과학에서만의 혁명이 아닌 생각의 혁명이 필요하다. 여당과 야당이 서로 반대를 위한 반대를 한다. 그 반대가 나중에 다시 부메랑이 되어서 자신에게 되돌아온다는 것을 생각하자.

내 연인에게 무심코 던진 말이, 연예인에게 생각 없이 던진 말이, 부모에게 개념 없이 툭 던진 말이 자신의 사고이고 나이게끔 해 주는 것이다. 즉, 자신의 현재 인격을 말해 주는 것이다. 말은 생각의 힘을 갖고 있다. 인격의 혁명의 위해 생각의 혁신이 필요하다. 혁명은 진화되어야 한다. 따라서 끊임없는 '패러다임의 변혁'이 이루어져야 한다.

인연에 대하여

맺어진 인연은 역사를 갖고 있다. 역사는 과거의 기억을 포함하고 있고 향수를 불러일으킨다. 그래서 변화하는 것에 거부한다. 변화하는 것은 나의 소중한 추억을 빼앗아가는 것이기 때문이다. 맺어진 인연의 끈이 끊어지게 될 때 과거의 기억들 모두가 날아가 버릴까 두려워 한숨짓게 된다.

인연(因緣)이란 사람과 사람 사이의 연분을 나타내기도 하고, 사람이 어떤 상황이나 일·사물과 맺어지는 관계를 나타내기도 한다. 인(因)은 '인하다', '원인'의 의미이다. 내가 누군가를 만날 때는 만날 원인이 있어 만난 것이다. 부모와 자식으로서, 부부로서, 연인으로서 등 애초부터 그런 인(因)이 있어 맺어진 것이다. 그래서 연(緣)이라는 단어에는 '실'을 의미하는 단어가 들어가 있다. 인연을 끊는다고 하는 것은 너와 나의 관계(connection, relation; 영어로 '연결 관계'를 인연으로 해석한다)를 정리한다는 것이고 실을 끊어버리는 것이다. 결혼할 때 청실과 홍실을 놓는 것도 인연을 맺는다는 의미로 주어지는 것이다.

오래전에 아버지께서 돌아가셨다. 어머니는 훨씬 전에 돌아가셨다. 아버지의 하관 때 상주인 나는 아버지의 관 위에 청실과 홍실을 바쳤다. 저승에 가셔서 다시 어머니를 만나 인연을 이어가시라는 의미였다.

연(緣)을 끊는다는 것은 우리 인생에 있어서 큰 사건이다. 지금의 세상과 연을 끊겠다는 것을 자살이라고 한다. 지금의 세상과 악연의 고리를 끊겠다는 것이다. 부자지간의 연을 끊겠다는 것은 남남으로 살아가겠다는 것이다.

이 세상은 인연에 따라 만들어지고 소멸하기도 한다. 이것을 연기(緣起)라고 한다. 무엇인가가 원인이 되어 우리의 헤어짐이 생긴다. 이 세상에 원인 없는 결과가 없고 결과가 없는 원인도 없는 것이다. 지금의 인연이 끊어지는 것은 나로 인해서이다. 너에게로 탓을 돌려 나를 편안하게 하지 않는 마음을 가져야 하겠다.

만남이 길든 짧았든 간에 너와의 관계에서 어느 한 가지에 얽매여 있다면 아름다웠던 우리의 인연도 어리석음의 일면이리라. 내가 있어 네가, 네가 있어 내가 행복하였다. 자연은 돌고 돈다. 이처럼 인간의 모든 것도 돌고 돈다.

플라톤은 인간으로서의 생애를 끝마치면 각자는 생전에 지은 행위에 의해 상과 벌을 받고 다시 육체에 깃들어 태어난다고 했다. 이것이 윤회사상이다. 나로 인해 네가 많이 힘들고 슬펐다면 이다음 죽어 다시 태어날 때 너를 위한 종이 될 것이다.

살아서 언젠가 다시 만난다면 그 인연을 소중히 하리라. 옷깃만 스쳐도 인연이라고 한다. 맞다. 세상의 그 많은 사람들 중 지금 여기에서 당신과 내가 만나게 된 것은 몇십억 분의 일의 확률에서 이루어지는 것이다.

해답 없는 사랑일지라도, 일방적인 사랑일지라도 소중하고 아름다운 것이다. 나를 떠나간 인연 후에 또 다른 좋은 인연이 있기를 기원한다. 한번 맺은 인연이 언젠가는 또 다른 좋은 인연으로 다시 만나길 기대한다. 왜냐하면 이 가을 사라져가는 것들이 너무 슬프기 때문이다.

공무원은 오피셜(official)이어야 하는가?
서번트(servant)여야 하는가?

공교롭게도 '세금' 때문에 나라가 시끄럽다. 시끄러운 이유는 우리들의 이야기를 경청(傾聽)하지 않았기 때문이다. 경청(傾聽)은 기울여(傾) 들어(聽)야 한다는 의미를 갖고 있다.

국세청, 경찰청, 교육청 등의 관청은 우리 이야기를 들어주어야 하는 곳이다. 듣지 않고 자기 말만 할 경우 우월적 지위의 슈퍼 갑(super 甲)이 되는 것이다. 예로부터 공수(拱手)라는 것이 있다. 요즘말로 하면 배꼽인사이다. 손을 공손히 한다는 것은 '모시겠다'의 서비스(service) 개념인 것이다.

공무원(公務員)은 오피셜(official)과 서번트(servant) 중 어느 단어가 더 어울릴까? 한자 어원과 영어 단어를 비교해 보고 공무원의 위치를 정하고 싶다.

일전에 필자는 세무공무원에게 분노를 금치 못하여 세무서에 가서 자초지종을 따진 적이 있다. 필자는 3년 전 종합소득세 납부 시 분납신청을 해서 분납을 했다. 그리고 납부가 전부 끝난 줄 알았다. 그러나 3년 후 가산세 300만 원을 붙여 나머지를 납부할 것을 통보받았다. 한 달만 밀려도 바로 다음 달 독촉장을 보내던 그들이 3년이나 방치를 하고 가산세까지 부과를 한 것이다. 그들 말은 이번 감사에서 누락된 것을 지적받았다는 것이다.

본인이 챙기지 못한 것은 물론 잘못이다. 그러나 세무서에서 고지를 게을리 한 것도 잘못이다. 그런 사실에 대해 잘못을 인정하라고 했을 때 그들은 거부했다. 자기네는 3년인가 5년 안으로 고지만 하면 된다는 고압적인 자세로 일관했다. 졸지에 300만 원이라는 가산세까지 내야 했다. 고소하려면 하라는 태도이다. 자신들은 법적으로 하자가 없다는 것이다. 납세자는 우월적 지위를 가진 그들의 종이었다. 갑(甲)의 공무원, 을(乙)의 시민이 되었다. 갑(甲)의 공무원은 오피셜(official)이다.

official이라는 단어는 관료제적 행정에서 사용하는 단어이다. 대안적 행정(해석적 행정 또는 포스트모더니즘적 행정)을 지향하는 현대는 servant의 시대이다. 두 단어 모두 공무원이라는 의미가 있는데 servant는 serve(봉사하다, 섬기다)라는 단어에서 유래한 것이다. 공무원은 우리의 공복(公僕)이다.

우리 위에 군림하던 군부시대의 사고방식을 갖고 있는 공무원이 있을까? 영어로 'civil service'는 행정기관, 정부관청이라는 의미를 갖고 있다. 'civil servant'는 공무원이라는 뜻으로 쓰인다. 'civil'이라는 단어는 시민이라는 뜻을 갖고 있다. 따라서 civil servant는 '시민(civil)을 위해 봉사(servant)하라'는 뜻이다. 더욱 의미심장한 것은 civil이 '공손한, 예의 바른'이라는 뜻을 갖고 있다는 것이다.

관청에 방문하거나 전화를 할 때 공무원들이 응대하는 말이 '선생님'이라는 단어이다. 그 단어를 쓴다고 선생님(?)들께서 좋아하실까? 그 단어는 영혼 없는 말이라는 것을 잘 알고 있다. 음식점 주인이 계산하고 나가는 고객에게 하는 립서비스(lip service)정도인 것이다.

이제 행정이 바뀌어야 한다는 주장은 '원더링 어라운드(wandering around)기법'에서도 드러나고 있다. 공무원은 이제 관리자가 아니라 경영자이다. 관리자는 단지 법규정적으로 행정행위를 하면 된다. 합법성(여기서 합법성은 서비스와 인간 고려라는 의미가 없음을 뜻한다)만을 따진다. 따라서 고압적 자세가 나올 수밖에 없다. 수요자가 진정 원하는 것이 무엇인지 몰라서 창의적이지 않은 행정이 이루어지게 된다.

수요자인 시민이 진정 무엇을 원하는지를 직접 부딪쳐 알아내고 못된 행정이 있다면 고쳐서 행정에 적극 반영하자는 것이 원더링 어라운드 기법이다. 이는 주변(around)에 머물러 있는 수요자의 욕구를 돌아다니며(wandering) 경청하여 그들의 요구를 행정에 반영하고자 하는 것이다.

중앙집권적 행정은 절대적 슈퍼 갑(super 甲)이다. 정말 전국의 선생님(?)들께서 만족할 수 있는 서비스가 실현되는 그날을 기대해 본다.

담 쟁 이
인 문 학

3

철학의 샘

동양

장자의 사상

엄친아, 엄친딸을 거부한다

장자는 세상이 어지러운 이유는 비교를 하기 때문이라고
본다. 오리 다리와 학 다리는 길이가 서로 다른데, 학 다리
일부를 잘라서 오리 다리에 붙인다고 오리와 학이 같아지지
않는다는 것이다. 장자는 노자에 비해 탈속한 정신적 절대
자유를 추구했다.

장자의 도(道)는 포스트모더니즘적 사유이다.

장자에게 있어 도란 위의 예에서 본 것처럼 이것과 저것

의 절대 대립이 사라진 것이라 본다. 따라서 도의 경지에서 보면 '너와 나'가 없다. 너와 나를 생각하는 순간부터 차별이 생기게 된다. 다름은 인정해야 한다. 우리 모두 개성은 다르다.

그럼 우리가 살아가고 있는 현상세계의 분쟁은 어디서 비롯되는 것일까? 세상의 단면만을 바라보고 자기 것이 절대 보편타당하다고 주장하는 이기적 편견에 사로잡혀 있기 때문이다. 자신들만의 동굴에서 벗어나(플라톤의 동굴) 어느 것이 더 옳다고 하면서 집착하지 말아야 한다. 이런 의미에서 장자의 제물(齊物)은 홀리스틱(Holistic, 하나 됨) 사유이다. 제물은 너와 나의 대립을 해소하자는 것이다. 정신세계에 갖고 있는 나와 너의 대립(쟁[爭])을 해소(화[和])하는 것은 홀리스틱인 것이다.

장자의 '자연'에서 삶의 지혜를 얻자
─물아일체(物我一體)

남해의 임금을 숙(儵), 북해의 임금을 홀(忽), 중앙의 임금을 혼돈(混沌)이라 한다. 숙과 홀이 혼돈에게 융숭한 대접을 받아서 그에게 보답을 하려고 했다. 사람은 누구나 눈, 코, 귀,

입 등의 7구멍이 있어 그것으로 살고 있는데 혼돈에게만 없어 하루에 하나씩 구멍을 뚫어 놓기 시작했다. 7번째 구멍을 뚫었는데 혼돈이 죽었다. -『장자』내편, '응제왕' 중에서

자연의 상태에 그대로 두었다면 죽지 않았을 '혼돈'에게 인위적인 구멍을 뚫어 줌으로써 말 그대로 혼돈으로 빠지게 된 것이다. 우리는 우리가 갖고 있는 자연성을 파괴하는 순간 혼돈 속에서 방황하게 된다. 혼돈하지 않고 잘 살 수 있는 방법이 무엇일까? 이상적 경지에 도달하는 방법으로 좌망(坐忘)과 심제(心齊)를 들고 있다.

자신을 괴롭히는 것을 잊어 버려라. 일체의 비교 때문에 벌어지는 갈등상황을 마음속에서 깨끗이 비워 버려라. 그러면 마음의 동요가 없을 것이다. 우리가 서로를 비교하고 서로에게서 상처를 받는 동안 마음의 상태는 깨지게 된다. 그러면 병이 든다. 우리 사회는 병이 많이 들어 있다. 그래서 여기서도 '힐링(healing)', 저기서도 '힐링(healing)'이다. 우리의 말 한마디가 아이들을 병들게 하지는 않을까? 우리 자신들부터 마음의 병을 치료해야 한다. 치료하면 물아일체가 된다.

꿈에서 나비가 되어 훨훨 날았던 장주(장자의 본명)는 꿈에서 깨어난 뒤 '내가 나비가 된 꿈을 꾼 것'인지 '나비가 장자로 변한 꿈을 꾸고 있는 것'인지 모르겠다고 했다.

—『장자』내편의 '제물론' 중에서

이는 '호접몽(胡蝶夢)'으로, 장자와 나비는 하나라는 것이다.

교사와 학습자는 하나이다. 좌망과 심제를 사면 너와 나는 하나가 된다. 이럴 때 인격적인 만남(Martin Buber; 독일 사상가, 1878~1965)이 이루어진다. '나와 그것'의 만남이 아닌 '나와 너'의 만남을 통해 진정한 대화가 이루어질 수 있다.

상대방(物)과 나(我)의 하나 됨(一體)은 인간관계에서 반드시 필요한 조건이다. 교육현장에서 학생을 '너'가 아닌 '그것'으로 본다면 참된 인격적인 만남이 이루어질 수 없다. 이런 상황에서 당연히 진솔한 대화가 나올 수 없다. 산업현장에서 노동자와 시공자가 서로를 '그것'으로 여긴다면 서로를 이용의 대상으로 간주할 뿐이다. 따라서 자기중심적인 대화를 유도할 것이다.

나와 너는 어느 것이 더 우월하고 열등한 것이 아니다. 서로 비교의 접점이 없다. 따라서 갈등도 없게 된다. 여기서 진정한 이해가 이루어진다. 이해가 바탕이 될 때 진정한 의사소통이 이루어진다. 장자의 물아일체는 이런 면에서 상징적 상호작용이며 해석학적 패러다임을 외치고 있는 것이다.

노자의 『도덕경』이 주는 시사점

도덕은 인간 삶의 텍스트이다.　　　　　　－김정겸

　　노자의 『도덕경』은 우리 평범한 시민에게 해 주는 이야기가 아니라 정치인에게 주는 '경고'이다. 도덕경 풀이들을 많이 하는데 정치와 관련시키지 못하면 해석이 안 되는 부분이 상당히 많다. 도덕경 강의를 우리 일반인의 삶에 맞추어 해석하는 강의는 올바른 것이 아니다. 노자는 동양의 프랑크푸르트(Frankfurt)학파이다. 즉 비판이론의 선구자 '동양의 프레이리(Paulo Freire; 교육 사상가, 1921~1997)'라고 할 수 있다.

　　도덕경 23장은 논란이 많은 장이기도 하지만 필자는 희언자연(希言自然)을 정치적으로 해석함으로써 그 의미를 좀 더

심층적으로 살펴보고자 한다.

　무위자연(無爲自然)에서 자연(自然)은 '저절로 그러하다' 는 뜻이다. 물이 저절로 그러함은 위에서 아래로 흐르는 것이다. 불의 저절로 그러함은 밑에서 위로 불타 올라가는 것이다. 자연은 인위적이지 않다는 것이다. 이런 맥락에서 이 자연의 개념은 자연으로 돌아가기를 외친 루소의 주장과 같다.

　노자는 가치를 인위적으로 파악하다보니 소박(素朴)함이 없어진고 했다. 소박이라는 개념은 노자에게 중요한 개념인데, 이는 어떠한 인위적인 행위를 가하지 않은 나무통을 의미하는 것이다. 따라서 도(道)의 상실 원인은 이러한 소박한 자연의 덕을 망각했기 때문이라고 보는 것이다.

　노자는 영아(嬰兒), 즉 어린아이를 자연으로 비유한다. 어린아이를 자연으로 비유하는 것은 자연 그대로의 순진한 모습을 이상으로 생각하기 때문이다. 따라서 인위적인 가식과 위선에서 벗어나 본래 자기의 모습대로 살아가는 무위자연(無爲自然)의 삶을 가장 이상적인 도(道)로 생각한다.

　희언자연(希言自然)의 희언(希言)은 '말을 적게 한다' 는 뜻이다. 이는 정치적 의미로 해석하지 않으면 절대 풀리지 않는 어구이다. 희언이란 '백성의 행위를 규제하는 법규(언[言]) 등을 자꾸 세우지 말 것(希[희])'을 의미한다. 언(言)이란 인위적으로 백성의 삶을 자꾸 규제하는 것이다. 희(希)란 그런 행위를 하지 말라는 것이다.

정치가 억지로 백성의 삶을 규제하려고 하면 백성의 자연스러운 삶을 억제하는 것이 되기 때문에 백성들의 분노를 사게 된다. 고조선 시대에는 8가지의 법(8조금법)으로 통치가 가능했지만 현대처럼 복잡한 시대에는 많은 법 규정으로 통치를 할 수밖에 없다. 그러나 쓸데없이 많은 법규를 만들어 국민의 자유를 침해해서는 안 된다.

국회의원들이 자신의 구미에 맞게 입법(立法)함으로써 피해는 국민들이 입게 되는 것이다. 우리의 행위를 통제하는 인위적인 법규가 많은 만큼 우리의 자유를 억압하고 있다. 자율적인 민주시민으로서의 자부심을 갖게 하는 것이 아니라, 그 법에 절대 복종하게 하는 수동적 존재로 만들어 그들의 이데올로기를 우리에게 주입시키고 있다.

노자에게 있어 이상적인 삶은 인간을 잘못 이끌어 가는 인위적인 문화(言)를 거부(希)하고 자연 그대로의 어린 아기와 같은 순진무구한 모습, 자연의 섭리대로 살아가는 소박한 삶을 추구하는 것이다.

우리 삶의 질을 높여줄 수 있는 것은 무엇인가? 지배계층의 욕망을 채우는 정치(政治)는 우리의 소박한 삶을 인위적으로 물들게 하여 결국 정치를 외면하게 한다.

요즘 세금 문제 등 새로운 규제로 인하여 민심이 들끓고 있다. 국회의원들은 자신들의 지역구만을 챙기기에 급급하여 우리의 미간을 찌푸리게 한다. 백성들의 자연스러운 삶(自然)에 대해 자꾸 인위적이고 강압적인 것 즉, 언(言)을 많이 행할수록 백성들은 정치로부터 등을 돌리고 분노할 것이다.

희언(希言)하라. 그리하여 우리 백성들이 본디 그러한(自然) 삶을 살 수 있도록 하라.

묵자의 겸애(兼愛)를 꿈꾸며

사랑은 사랑하기로 마음먹은 만큼만 이루어진다. – 김정겸

묵자는 세상에서 가장 큰 문제점은 사람들이 서로 사랑하지 않는데 있다고 주장하면서 누구나 차별이 없는 사랑인 '겸애'로 구제할 것을 강조한다. 묵자의 겸애설은 자신뿐만 아니라 타인에게도 이로운 것이다.

세상에 대한 이분법적 사유는 편 가르기가 되었다. 이분법적 사유는 정쟁과 투쟁, 갈등을 유발시킨다. 내 편이 아니면 모두 적이 되는 것이다. 특히 우리나라는 갈등으로 인해 드는 사회적 비용이 상당한 것으로 나타났다.

헤겔이 '정-반-합'적인 발전을 구상한 것도 정과 반의 구

조만으로는 사회를 구제할 수 없다고 보았기 때문이라 했다. 그래서 겸애에 해당되는 합(合, synthesis)을 제시했다. (물론 공자의 별애[別愛]는 사랑의 실천방법을 '가족→주위사람→국가'까지 확장해 나가는 사랑을 의미한다. 따라서 겸애와 반대 의미는 아니다.)

학교 교육에서도 경쟁적이고 지적인 귀족주의를 길러내는 상대평가가 시행되고 있다. 상대평가는 차별적인 사랑이다. 부모가 '열 손가락 깨물어 아프지 않은 손가락이 있는 줄 아냐'고 하지만 양육방식에서 자신이 알게 모르게 차별을 두게 된다. 이런 차별적 사랑이 은연중에 마음속에 자리 잡아 정신세계에 많은 영향을 미친다. 프로이드는 이 현상을 주시하였다. 그러한 차별이 무의식 속에 내재되어 불합리한 행동으로 나타나게 된다는 것이다. 정신 병리적 현상으로 나타나는 것이다.

정치세계에서도 겸애를 볼 수 없다. 전부 별애적이다. 이런 정치인들에 의해 우리가 통치되고 있으니 미쳐도 단단히 미친 사람들이 되어 버린다. 그러니 세상에 모두 '힐링(healing)' 바람이 불고 있다.

묵자의 겸애는 '보편적 사랑'이다. 자신과 타인을 구분하지 않는 사랑이다. 정치에서는 자신의 정당의 이익만 되면 된다. 다른 사람들을 전혀 돌보지 않는다. 세상이 별애(別愛)

적이기 때문에 갈등의 구조가 된 것이다. 미국과 이라크, 우리나라와 일본 등은 서로 추구하고자 하는 것이 다르다. 그러다 보니 절대적 가치가 아닌 자신들만의 가치인 상대적 가치만이 참된 가치라고 생각하게 된다.

묵자의 겸애는 공리주의적 사상이다. 벤담은 도덕이나 법률의 목적이 최대 다수의 최대 행복이어야 한다고 한다. 최대 다수의 최대 행복은 보편적 가치를 지향하는 윤리이다.

정치인들이여, 당신들만의 정쟁(政爭)으로 최대 다수인 우리의 행복을 빼앗아 갈 것인가? 세상의 부부들이여, 당신들의 부부싸움으로 가정의 평화를 깨어 버릴 것인가? 기업의 노동자와 사용자들이여, 당신들의 이익만을 위해 국가 경제를 악의 구렁텅이로 몰아넣을 것인가?

맹자도 이러한 전쟁은 이롭지 못하다고 보아 인(仁)과 의(義)로 중지시키려고 했다. 어떠한 종류의 전쟁이든 그 전쟁은 따뜻함(仁)이 없는 것이고 올바르지(義) 못한 것이다. 따뜻하고 올바른 사회가 정의로운 사회이다.

이황과 이이

이황
－인간이 되어라

인간이 되는 것은 항상 자신의 마음을 경건한 상태로 유지하는 것이다. 혼자 있을 때도 마치 귀신과 부모가 바로 위에 와 있는 것과 같이, 또 깊은 연못과 얇은 얼음이 발밑에 있는 것과 같이 하고 제사 지낼 때의 엄숙한 마음 상태를 끊임없이 유지하는 것이다. 그러면 백 리(白里)를 울리는 천둥이 쳐도 마음이 놀라 제기를 떨어뜨리는 일이 생기지 않는 것이다.

그러나 이러한 경건한 마음은 마음을 먹는다고 하루 이틀 만에 생길 수 있는 것이 아니다. 오랜 기간의 수련을 통해 달성될 수 있는 경지라고 할 수 있다.

조선시대 학교교육의 과정은 다음과 같다.

서당(초등교육)→사부학당, 향교(중등교육)→소과(초급관리
등용과거시험, 대학입학시험)→성균관(고등교육, 오늘날 대학)
→대과(고급관리 등용과거시험)

이처럼 공교육(관학인 사부학당, 향교, 성균관)은 과거시험, 즉 선발시험과 연계되어 있다. 이황은 경쟁만 추구하는 선발적 교육으로는 이상적인 선비를 길러낼 수 없다고 하면서 서원교육을 강조한다. 이황은 서원교육의 핵심을 거경궁리(居敬窮理)라고 보았다. 거경궁리는 인식론적인 의미의 궁리와 실천론적인 뜻의 거경을 합한 말로, 마음을 경건하게 하여 이치를 추구하는 것을 뜻한다.

거경(居敬)의 방법에서 주일무적(主一無適)은 고요한 방에 홀로 앉아 명상하는 방법이며, 우유함영(優游涵泳)은 자연을 소일하며 유유자적하는 방법이다. 궁리(窮理)의 방법에서 독서

궁리(讀書窮理)는 책을 읽으면서 그 의미를 심사숙고하는 방법이며, 격물치지(格物致知)는 일이나 사물에 대해 그 원리나 시시비비를 가리는 방법이다. 퇴계는 거경과 궁리의 방법을 통해 위기지학(爲己之學)에 이를 것을 주장한다.

이황은 학문과 수양의 방법으로 거경을, 목적으로 위기지학을 중시하였다. 또한, 이황은 지행병진(知行竝進)을 강조한다. 즉, 허심을 부려 남에게 알리는데 힘쓰거나 이름과 명예만을 추구하는 위인지학(爲人之學)이 아니라 인간으로서 마땅히 할 도리를 배우고 수양하여 행동으로 옮기는 위기지학(爲己之學)의 실천을 강조한다.

요즘은 남에게 잘난 것을 보여주기 위한 위인지학의 공부방법을 중요시하고 있다. 입신양명과 출세를 지향하는 공부를 강조하고 있다. 어렸을 때부터 강조된 이런 공부를 한 사람이 과연 남과 같이 어울려 살아갈 수 있는 성숙한 인간이 될 수 있을까? 언제부터 삶의 가치가 '공부 열심히 해서 돈 많이 벌고 출세해라'가 되었을까? 이렇다 보니 돈 때문에 웃고 돈 때문에 죽고, 세상이 어지러워지는 것이다. 사람이 되라는 말은 들어 볼 수도 없게 되었다.

자신의 인격완성, 자아실현을 위해서 끊임없이 공부하는

사람이 필요한 시기이다. 인문학이 필요한 시기이다.

이이

–내 얼굴과 다르다고 배척하지 말라, 그들 나름의 기(氣)가 있으니까

이(理)는 맑고 흐린 곳은 물론 더러운 곳에도 있어, 그것이 각각 그 본성이 되지만 오묘함을 잃지 않는다. 이것을 이(理)가 두루 통한다고 한다. 그러나 기(氣)는 흘러 다닐 때 그 본래의 모습을 잃어버린 것도 있고, 그렇지 않은 것도 있다. 그리하여 맑은 모습, 흐린 모습, 찌꺼기와 잿더미의 모습 등 치우친 모습이 생긴다. 이것을 일러 기(氣)가 국한되었다고 한다.

'이(理)가 두루 통한다(理通)', '기(氣)가 국한되었다(氣局)'는 이이의 이통기국론(理通氣局論)을 설명하는 것이다. 이(理)는 보편적인 것이고 기(氣)는 특수한 것으로, 이(理)는 통하고 기(氣)는 국한된다는 것이다. 따라서 사물에 이(理)가 들어가 있다고 보면 모든 사물은 다 똑같게 된다. 아버지와 아들의 모습이 다르고 밥그릇도 서로 다르지만 이(理)로 보면 차이가 없게 된다.

하지만 생김의 차이성은 왜 있는 것일까? 이이는 그 이유를 기(氣)가 국한되었기 때문이라고 본다. 기(氣)는 다양한 모

습으로 나타난다. 기(氣)가 여기저기 돌아다니면서 맑은 모습, 흐린 모습, 찌꺼기와 잿더미의 모습 등 특수한 모습으로 나타난다. 즉, 기(氣)에 의해 사물의 특성이 다르게 나타난다.

삼각형 그릇, 사각형 그릇, 원형 그릇 각각에 물이 들어 있다고 생각해 보자. 여기서 공통적인 것 즉, 보편적인 것(理)은 무엇인가? 그것은 물이다. 모든 그릇의 물은 모두 같다. 그렇지만 그릇의 모습은 전부 다르다. 여기서 물은 이(理)이고, 삼각형 그릇, 사각형 그릇, 원형 그릇은 기(氣)이다. 기로써 모두 제각기 다른 모습을 갖고 있다. 따라서 이이는 주기론(主氣論)을 강조하는 인물이다.

여러분은 이(理)로써의 삶을 살고 싶은가? 기(氣)로써의 삶을 살고 싶은가? 세상에 살고 있는 사람의 얼굴이 전부 다르듯이 살고자 하는 삶도 그만큼 다르다고 한다. 이(理)만을 강조한다면 이국만리에서 온 외국인의 삶은 얼마나 고달프겠는가? 그들만의 기(氣)를 인정해주고 사랑해야 한다.

맹자의 사단(四端)을 논하다

사람의 성(性)이 선(善)한 것은 물이 아래로 내려가는 것과
같다. 사람치고 선하지 않은 사람이 없고 물치고 아래로 내
려가지 않는 물은 없다.　　　　　　　　 -맹자(동양 철학자)

　인간이 살아가면서 갖추어야 할 내재적 가치가 있다. 외재
적 가치란 수단적 가치로써 선택된 목적을 위해 사용되는 도
구이다. 내가 교육을 받는 것이 외재적 가치를 추구하는 것
이라면 교육은 수단으로 잘 먹고 잘 살기 위한 것에 지나지
않는다.

　매슬로우의 욕구 위계설에 따르면 외재적 가치는 저차원
의 욕구(생리적 욕구, 안전의 욕구)만을 추구하는 것이다. 정신적
가치를 추구할 수 있는 고차원적인 욕구 즉, 자아실현, 잠재
력 계발, 인격완성의 성장욕구가 필요하다. 이것이 내재적

가치이다.

퇴계 이황은 우리 인간이 갖추어야 할 덕목으로써 위기지학(爲己之學)을 강조했다. 이는 자신(己)의 내면 완성을 위한(爲) 공부(學)를 해야 함을 강조하는 것이다. 수기치인(修己治人)은 위기지학(爲己之學)을 잘 설명하고 있는 것이다. 수기(修己)된 자 즉, 내면의 수양이 이루어진 사람만이 남을 다스릴(治人) 수 있다는 것이다. 아비가 아비로서 수신(修身)이 되어있지 못하다면 가정을 다스리지(齊家) 못한다. 저마다의 가치가 내재해 있어야 그 행동이 가치 있어지는 것이고 올바른 방향(道)으로 나가게 되는 것이다. 그 올바른 방향을 위한 길잡이가 맹자의 사단(四端)이다.

우리 인간의 본성이 '착하다(善)'는 기본 가정에서 출발하자. 살다보면 악(惡)해 질 수도 있는데 인간의 본성이 착하기 때문에 조금만 노력하면 다시 착해질 수 있다. 인간 본성이 악하다고 하면 고치기 힘들 뿐만 아니라 이를 교정하기 위해서는 체벌 등이 정당화될 수밖에 없다. 그 착한 본성의 구체적인 증거는 인간이면 누구나 사단(四端)을 갖고 태어난다는 것이다. 사단은 인간이 갖추어야 할 가치 있는 것(내재적 가치)이며 이것이 행동의 증거가 되어야 한다.

첫째, 인간의 마음에 인(仁)이라는 것이 있어서 측은하게 여기는 마음(측은지심[惻隱之心])이 나온다는 것이다. 인은 내면적인 도덕성을 지칭하는 것이다. 공자에 따르면 인은 사랑과 인간다움을 갖고 있는 것이다. 사람을 사랑할 것이며(인애인[仁愛人]) 인간다움을 갖추어야(인지인야[仁者人也]) 한다. 주변에 소외당한 많은 사람들에게 배려(톨레랑스[Tolerance])가 필요하다. 우리 모두의 사회적 책임(노블레스 오블리주)을 갖고 그들에게 나눔을 실천해야 한다.

둘째, 인간의 마음에 의(義)라는 것이 있기 때문에 불의를 부끄러워하는 마음(수오지심[羞惡之心])을 갖게 된다. 공자가 인을 강조했다면 맹자는 의를 더욱 강조한다. 맹자가 살던 시대는 공자가 살던 시대보다 더 혼탁했다. 이 혼란함을 극복하기 위해 의를 강조한다. 언제나 옳은 일을 꾸준히 해 나가(집의[集義])는 방법으로 호연지기(浩然之氣) 함양을 제시한다. 호연지기란 지극히 굳세고 올곧은 도덕적 기개이다. 수오지심을 지녀 집의를 해나갈 수 있다. 자신이 한 일에 대해 부끄러워하는 마음(羞)을 가지고, 부끄러워할 만한 일을 하고서도 뻔뻔하게 행동하는 사람들을 미워하는 마음(惡)을 가지면 의를 실천할 수 있다.

셋째, 인간의 마음에 예(禮)가 있기 때문에 서로 양보하고 공경하는 마음인 사양지심(辭讓之心)을 갖게 된다. 순자는 도(道)로 예를 강조한다. 순자에게 있어 예는 질서 있는 생활을 위해 규제하는 도덕적 규범을 의미한다. 공자에게 있어 예는 극기복례(克己復禮)이다. 자신의 사리사욕을 극복(克復)하면 예를 회복할 수 있다고 본다. 예는 사리사욕을 없애고(克己) 공동체와 더불어 살아가기 위해 꼭 필요한 외면적인 사회규범이다.

넷째, 인간의 마음에 지(智)라는 것이 있기 때문에 옳고 그름을 판단하는 마음(시비지심[是非之心])을 갖게 된다. 슬기로움(智)이 필요한 시대이다. 21세기 지식기반의 사회에서는 많이 아는 것이 가장 중요하다. 영어로 지혜롭다고 말할 때 'wise'라는 단어를 쓰지 'knowledge'라는 단어를 쓰지 않는다. knowledge가 알 지(知)라면 wisdom는 지혜 지(智)이다. 많은 지식이 머릿속에 '든 사람'일수록 '된 사람'이 되어야 한다.

인간은 가치 지향적이어야 한다. 내면의 완성을 위해 꼭 필요한 내재적 가치는 인간을 풍요롭게 한다.

비워라(空)

비움은 채움이다. 비울수록 풍요로워진다.　　　　　－김정겸

실존주의에 '무소유적 온정'이라는 말이 있다. 이 말은 소유하지 말되 온정과 사랑을 베풀라는 것이다. '저것이 내 것이다'라고 마음먹는 순간 괴롭게 된다. 내 것인데 내 마음대로 안 되면 꾸짖고 때리는 등 파괴적인 행동이 나온다. 자식은 엄마의 자궁에서 탈출하는 순간 독립적인 인격체이다. 다시 말해 내 것이 아닌 것이다. 그런데 우리는 집착한다. '내가 너를 어떻게 낳았는데 부모에게 이럴 수 있냐' 하며 마음 상하고 아파하고 몸져눕게 된다.

이제는 마음으로부터 그들을 내려놔라. 그들에게 사랑을

주지 않는 것이 아니라 사랑은 베풀어라. 연인 관계에서도 상대방에게 집착을 한다. 그 연인이 내 것이기 때문이다. 그럴수록 마음이 아프다. 그러니 나의 마음으로부터 자유롭게 그를 놓아 주어라.

정신분석학자 프로이드는 무의식 세계가 0.917이라고 한다. 이 말은 사람 속은 알 수 없다는 것이다. 우리가 알고 있는 것은 상대방이 의식 밖으로 표출한 0.003밖에 안 된다. 그러니 집착하지 마라. 0.003 때문에 괴로워하고 미워하고 싸워야 하겠는가? 법정 스님께서 '무소유의 삶'을 외친 내면에는 이런 의미가 있는 것이 아닐까?

불교에서는 사성제(四聖諦)가 있다. 현실세계의 집성제(集成諦)와 고성제(苦聖諦)가 있고 이상세계의 도성제(道聖諦)와 멸성제(滅聖諦)가 있다. 현실세계의 집성제는 원인이 되는 것이고, 그 원인의 결과 고성제가 나오게 된다는 것이다.

현실에서는 탐욕으로 인해 모든 것이 내 것이어야 하며, 나를 중심으로 세계가 움직여야 한다. 세상이 어떻게 돌아가는지에 대한 명쾌함을 갖고 있지 못하니(無明) 괴롭다. 세상에 존재하는 것은 오직 식(識) 즉, 마음에 불과하다. 그러니 그것이 우리를 지배하면 고통스럽다. 털어 버려야 한다. 현실세계의 결과, 삶 자체가 고통이다. 이것이 고성제이다. 결국 집착하니 생, 노, 병, 사의 괴로움에 사로잡히고 마는 것이다.

세상의 모든 것은 고정된 것이 아니라 변화하고 있다(제행무상[諸行無常]). 그러니 내 자식이 영원할 것이고 내 연인이 항상 내 곁에 있다고 생각하지 마라. 이 세상에 모든 존재하는 것들은 인연(因緣)에 의해 생긴 것이기 때문에 고정된 실체가 없다(제법무아[諸法無我]). 그러니 내가 살아가고 있는 이 현실 세계가 영원히 존재한다고 생각하지 마라. 그렇게 생각하기 때문에 모든 인생 자체가 고통과 번뇌로 이루어지게 된다(일절개고[一切皆苦]).

모든 것을 비워라(空). 우리의 욕망이나 아집으로 인해 자식에게 연인에게 집착하는 것을 비워라. 더 나아가 내가 너에게 무엇을 해 주었다는 것조차도 비워라. 그러면 마음의 평화를 얻을 것이다.

인간과 짐승의 차이

> 인간의 생명은 둘도 없이 귀중한 것인데도 우리들은 언제나 어떤 것이 생명보다 훨씬 더 큰 가치를 갖고 있는 듯 행동한다.
>
> — 생텍쥐페리(소설가)

맹자는 인간이 짐승과 다른 점을 욕구에 의해 좌우되지 않고 자신의 자율적인 도덕적 의지에 의해 인(仁)과 의(義)를 실천할 수 있다는 데서 찾았다(찰어인륜유인의행[察於人倫由仁義行]).

세상이 혼탁하다. 친아버지가 딸을 성폭행하고 아들이 돈 때문에 어머니를 살해한다. 인간이 인간다울 수 있는 가장 중요한 조건은 선악을 분별할 줄 알고 그에 대한 책임을 질 줄 안다는 것이다. 자신의 욕구에 사로잡혀 그를 통제하지 못한다면 그것이 바로 짐승인 것이다.

인간이 지켜야할 바, 인륜(人倫)이라는 것이 있다. 맹자는 이를 불인인지심(不忍人之心) 즉, 남에게 참혹하게 굴지 못하는 마음이라고 본다. 불인인지심의 근거로 인(仁), 의(義), 예(禮), 지(智) 사단을 제시한다.

우리가 짐승과 다른 바는 메타(Meta)인지를 할 수 있기 때문이다. 행위를 하기 전에 그 행위의 정당성에 대해 스스로 통제하고 조절할 수 있는 메타인지는 인간을 행복으로 끌고 간다. 이것이 아리스토텔레스의 행복론이다. 아리스토텔레스는 이성도야를 통해 지나치지도 모자라지도 않은 중용(中庸)을 지킬 때 행복하다고 했다.

매슬로우도 '생리적 욕구→안전의 욕구→소속과 애정의 욕구→자존의 욕구'까지를 결핍욕구로 보았다. 이 결핍욕구는 미성숙의 근원이 될 수 있다. 결핍욕구를 넘어선 욕구를 성장욕구라고 한다. 인간이 결핍욕구에만 사로잡히게 될 때 자신만의 욕구 충족을 위해 몰두한다는 것이다. 짐승 같은 욕구가 아닌 인간다운 욕구는 성장이라는 달콤한 열매를 준다.

공자는 짐승에게 인간다움(仁)이 없다고 한다. 짐승에게는 올바름(義)이 없기 때문에 서로 싸운다. 칸트도 '나이궁(neigung, 경향성)' 때문에 윤리가 파괴될 수 있다고 보았다. 이 나이궁은 순자의 식색지성(食色之性)에 해당된다. 짐승에게는 예(禮)가 없다. 배고프면 아래위도 없고 오로지 자신만 배부르면 된다. 짐승에게는 지혜로움(智)이 없다. 오로지 자신의 본능과 욕구에 의해 움직일 뿐이다.

남을 배려할 줄 모르는 자는 인간답지(仁) 않다. 자신만 생각하고 부모나 이웃의 고통을 생각할 줄 모르는 짐승이다. 공공장소에서 낯부끄러운 애정행각을 하거나, 신체적으로 불편하신 분들에게 자리를 양보하지 않는 것은 짐승들이나 하는 것이다. 그들은 자신들의 나이궁에 충실한 짐승이다. 그들의 욕구가 향하는 데로 행하기 때문에 짐승이다.

인간으로서 올바른 나를 찾기 위해 우리는 많은 노력을 해야 한다. 이제 '도덕재무장'이라도 외쳐야 할 때이다. 개인주의를 지향하는 사회는 편안함을 안겨 주었지만 더불어 살아가는 사회의 구성원으로서 갖추어야 할 덕목을 잃어버리게 하였다. 자신의 세계에서만 인간인 사람은 인간이 아니다. 더불어 사는 사회의 구성원들이 '너 인간답다'라고 인정해 줄 때 인간이 되는 것이다.

서양

아리스토텔레스가
오늘날 우리에게 주는 시사점

아리스토텔레스의 철학은 윤리학, 논리학, 미학 등 많은 분야에 영향을 끼치고 있다. 아리스토텔레스의 설득의 3요소와 개인 발달의 요소를 살펴봄으로써, 대인관계에서 우리가 지녀야 할 설득의 요소와 인격적 발달을 위해 갖추어야 할 것이 무엇인지 제시해 보고자 한다.

설득의 3요소는 에토스(ethos; 인간의 습관적인 성격), 파토스(pathos; 격정, 영정, 노여움 따위의 일시적인 정념의 작용), 로고스(logos; 모든 사물의 존재를 규정하는 보편적 원리)이다.

에토스는 권위적 상태를 나타낸다. 자신의 명성과 신뢰감을 드러내고 상대방의 호감을 유발하는 설득에 해당된다. 자신의 말 속에 자신의 인격을 드러낼 수 있는 것이다. 즉, 말이 곧 인격이 되는 것이다. 요즘 보이는 막말 정치인이나 독설 연예인들은 개념이 없는 사람들이다. 그들의 말 속에 그들의 인격이 드러난다.

하이데거(Martin Heidegger; 철학자, 1889~1976)는 '언어는 존재의 집이다(Die sprache ist das haus des seins)' 라는 말을 했다. 언어라는 것은 우리 인간 실존이 드러나는 장소이다. 자신의 말 속에 인격이 들어있다. 내가 쓰는 언어는 곧 '나' 임을 알아야 한다. 상대방에게 막말을 함으로써 그 사람을 고통스럽게 만드는 무개념적 행동은 인터넷에 악의적인 댓글을 다는 것과 같다. 무개념적 언어는 비고츠키(Lev Semenovich Vygotsky; 교육 심리학자, 1896~1934)에 따르면 젖먹이의 언어이다. 상대방의 상태를 고려하지 않는 언어사용은 상징적 폭력(부르디외[Pierre Bourdieu])이나 마찬가지이다.

파토스(pathos)는 감성적 상태를 나타낸다. 넓은 의미에서는 어떤 사물이 받게 되는 변화의 상태이고, 좁은 의미에서는 외부로부터 받아 생겨난 인간의 감정의 상태이다. 파토스는 영화, 문학 등 예술적 장르에서 사용했던 의사소통의 한 방법이었다. 파토스는 상대방의 감정에 호소하는 것이다. 따라서 '눈물의 효과'가 설득하는 과정에서 크게 나타난다. 이는 연인들 사이에서 훌륭하게 먹히는 설득의 방법일 것이다. 여자들은 관계지향적 사고를 하고 사랑·배려·보살핌을 중요하게 생각하기 때문에 파토스적 설득이 큰 효과가 있을 수 있다. 추상적이고 정의지향적인 남성적 사고와는 다르다.

로고스(logos)는 이성적 상태를 의미한다. 사물의 존재를 한정하는 보편적 법칙이나 행위에 따라야 할 준칙을 인식하고, 이를 따르는 분별과 이성을 잘 활용하는 설득이다. 즉, 설득에 필요한 논리적 근거를 바탕으로 행하는 설득이다. 여기서는 철학적 접근보다는 설득의 기술에 대해 말하고자 한다.

로고스는 권위에 의존하여 설득하는 것도 아니고 감정에 호소하여 설득하는 것도 아니다. 누구나 다 그렇다고 인정할 수 있는 보편타당한 논리에 의한 설득이다. 에토스(ethos)처럼 권위에 의한 설득은 설득이 아니다. 설득이란 상대방이 충분히 이해한 후 자신의 뜻을 따르도록 하는 것인데, 권위를 사용하는 것은 강요에 해당한다. 이는 교화나 세뇌에 해당하는 것이다. 감정에 호소하여 설득하는 파토스는 오류에 사로잡힐 수 있다. 이는 합리적인 근거가 결여된 설득으로, 감정에 호소하여 설득하는 오류이다.

청문회라 하면 떠오르는 유명한 인물들이 있다. 그들의 설득에 환호하는 이유는 매우 논리적인 설득이었기 때문이다. 상대방 논지의 모순점을 논박을 통해 상대방 스스로 잘못되었다는 것을 인정하게 하는 설득을 로고스적 설득이라고 한다.

아리스토텔레스는 로고스를 매우 중시하였다. 로고스의 훈련을 하면 중용을 지키게 되어서 행복에 이를 수 있다고 보았다. 아리스토텔레스는 개인의 발달 단계를 '신체적 성장의 단계' 다음 '영혼의 비이성적인 욕망이 드러나는 단계'를 거쳐 '이성적으로 사고할 수 있는 단계'로 보았다.

아리스토텔레스는 자연, 습관, 이성의 삼육론을 주장한다. 영혼의 단계도 식물 영혼에서 동물 영혼으로 이어져 이성적 영혼에로의 발전을 추구한다. 식물 영혼이란 단순히 살아있음의 행위만을 하는 것이다. 동물 영혼은 살아있음의 행위에 감각이 더해져 있는 것이다. 여기에는 이성이 없기 때문에 위험하다. 식물 영혼은 아무것도 못하지만 동물 영혼은 감각적 행위를 한다. 일반인도 동물적 영혼의 단계인 본능, 신체적 욕구나 욕망에 충실하다. 따라서 자제력이 부족하고 즉각적인 충동이나 쾌락에 만족하는 이드(Id)적 인간이 된다.

이성적 영혼을 인간적 영혼이라고 한다. 이성적 영혼의 발휘는 참된 인간으로서 기능을 할 수 있도록 도와주는 것이다. 인간이 동물과 다른 이유는 이성을 갖고 있기 때문이다. 인간에게만 고유하게 있는 것이 이성적 영혼이다. 뒤집어 이야기하면 이성적 영혼을 발휘하지 못하는 사람은 사람이 아니라는 것이다. 살인범이나 강간범은 사람일 수 없다. 공자(군군신신부부자자[君君臣臣父父子子])에 따르면 인간답지 않은 행위를 행한 것이다.

아리스토텔레스에 따르자면 인간의 영혼과 신체는 따로 있는 것이 아니라 하나이다(이 점이 플라톤의 이원론과 다르다). 따라서 이성적 영혼을 갖고 있지 못한 신체는 당연히 이성적 행동을 하지 못할 것이다. '건전한 신체 속에 건전한 영혼(A sound mind in a sound body)'을 주장하는 것도 일원론적이다. 이 말은 뒤집어 말하면 '건전한 영혼 속에 건전한 신체(A sound body in a sound mind)'가 된다. 건강한 영혼을 가진 자는 사회적 규범에 맞게 행동을 하기 때문에 그들의 신체는 건강한 것이 된다.

육체에 병이 들었을 때 치유(治癒)를 한다. 치유의 '유(癒)'에 보면 마음(心)이 들어가 있는 것처럼 몸의 병을 고칠 때 우선해야 할 일이 마음을 건전하게 하는 것이다. 긍정적인 정신을 갖고 있을 때 치료가 될 수 있는 것이다. 왜냐하면 마음의 병에서 모든 것이 나타나기 때문이다. 만병의 근원도 스트레스가 아닌가?

아리스토텔레스의 '영혼론(De Animas)'은 인간을 인간답게 살아가게 해 주는 행복지표이다. 인간적 영혼의 올바른 활용은 한순간 불행하게 되는 것을 막아주어 행복을 향유하게 하는 것이다. 아리스토텔레스의 궁극적 목적은 이성 도야를 통한 행복실현에 있다.

동굴에서 벗어나자

자신의 동굴 속에 사로잡힌 자는 죄수이다.　　　－김정겸

플라톤의 이데아(idea) 이론을 어렵게 생각하는 사람들이 많다. 철학은 삶의 지혜를 주는 '린치핀(linch pin)'이다. 린치핀(linch pin)은 마차의 두 바퀴를 연결해 주는 고정 핀이다. '나'라는 바퀴와 '인생'이라는 바퀴를 연결하는 고정 핀의 역할을 하는 것이 철학이다. 따라서 철학은 아는 것(知)보다는 지혜로움(智)을 주는 것이다. 지혜롭게 세상을 살아가는 방법을 터득하게 해 주는 것이다. 따라서 철학을 'philosophy(philo사랑, sophia지혜)'라고 한다.

플라톤의 이데아 이론이 우리에게 어떤 지혜를 주는지를

알아보기 위해 그 개념부터 알아보자. 이데아란 영어로 'idea(생각, 관념)'에서 온 것이다. 플라톤은 세상을 크게 두 개로 나누어 보았다(이원론). 하나는 이데아 세계이고 다른 하나는 이데아 저편에 있는 현실의 세계이다. 이데아 세계만이 절대 변하지 않는 절대 진리의 세계이다. 현실 세계는 변화하는 감각의 세계로 보았다. 현실 세계는 믿을 것이 못 된다고 보는 것이다.

예를 들어 사과가 눈앞에 있다고 치자. 눈앞에 있는 사과가 진짜 사과인가? 아니면 머릿속에 있는 사과가 진짜 사과인가? 눈앞에 있는 사과는 현실 세계에 있는 사과이고 머릿속에 있는 사과는 이데아 세계에 있는 사과이다.

플라톤의 사상을 따르자면 눈앞에 있는 사과는 오랜 세월이 흐르면 썩어 없어지게 되는 것이다. 따라서 현실 세계의 사과는 이데아의 그림자이며 항상 변하고 불완전한 것이다. 이데아 세계에 있는 사과는 죽을 때까지 변하지 않는다. 머릿속에 들어가 있는 사과의 속성인 '겉은 빨간색, 반으로 쪼개었을 때 드러나는 노란색, 새콤달콤한 맛' 등은 변하지 않는다는 것이다.

따라서 참된 진리의 세계는 이데아 세계인 것이다. 눈앞에 있는 사과는 가짜이고 머릿속에 있는 사과가 진짜인 것이다.

이런 생각이 훗날 데카르트의 합리론에 영향을 준다. 합리론은 연역적이고 경험론은 귀납적이다.

귀납법에서는 '모든 까마귀는 검다' 라는 결론을 내리기 위해 구체적인 사실들 즉, 세상의 모든 까마귀를 잡아다 하나씩 확인해 보아야 하는 번거로움이 있다. 그 중 한 마리라도 흰 까마귀이면 '모든 까마귀는 검다' 라는 결론을 내릴 수 없다. 이를 대응설이라고 한다. 이런 대응설의 문제점을 극복하기 위해서 나온 것이 합리론의 정합설이다. 정합설은 먼저 결론을 내려놓고 그것을 입증해 나가는 것이다. 플라톤의 이데아론의 영향을 받은 정합설은 이처럼 위대한 것이다.

다음으로 플라톤의 '동굴의 비유' 가 우리 현실 세계에 어떻게 적용되어 사용될 수 있는지 살펴보자. 우선 앞서 이야기한 현실 세계를 동굴 속에서 본 그림자로, 이데아 세계는 동굴 밖의 태양에 의해 드러난 세계라는 것을 인식할 필요가 있다. 플라톤은 우리가 동굴 속에 갇힌 죄수라고 생각했다. 죄수는 언덕 위에 있는 모닥불에 의해 비추어지는 자기의 그림자를 자신의 참된 모습이라고 생각한다. 그러나 이 그림자는 허상이다. 태양에 의해 반사되어 나타나는 것이 나의 진짜 모습이다.

눈앞에 있는 것을 보기 위해서 태양이 필요하다. 따라서 동굴 속 벽면에 비추어진 나의 그림자는 태양에 의해 비추어진 나의 진짜 모습이 아닌 허상이다. 진짜 모습을 보기 위해서 동굴 밖으로 나와야 한다. 물론 어두운 곳에 있다가 갑자기 환한 곳으로 나오면 눈이 아프다. 그러나 그런 고통을 참고 태양 아래 비추어지는 실재를 보아야 한다. 따라서 우리가 궁극적으로 추구해야 할 것은 태양의 이데아 세계로 나가는 것이다.

자신만의 동굴 속에 사로 잡혀 참된 진리를 인식하지 못하는 사람들이 많이 있다. 오로지 자신의 생각만이 옳다고 하면서 누구나 보편적으로 생각하는 것을 부정한다. 아집이 생겨난다. 자신만의 세계에 빠져 있어 세상에 대한 인식이 부족하다. 이런 사람은 진정한 지식의 세계에 있는 것이 아니라 억견의 세계에 사로 잡혀 있는 것이다.

자신의 어두운 그림자 세계에서 밝은 빛의 세계로의 이행은 쉽게 이루어지지 않는다. 갑자기 어두운 곳에서 밝은 곳으로 나가면 눈이 부시고 아프다. 진리의 세계로 나가기 위해 뼈를 깎는 듯한 고통을 감수해야 한다.

플라톤의 이데아와 동굴의 비유는 우리에게 진리와 삶의

지혜를 주는 것이다. 필자는 이 중에서 삶의 지혜를 강조하고자 한다. 지혜(智慧)는 영어로 'wisdom'이다. 지혜 지(智)는 알 지(知)와 관련되어 있다. 알 지(知)는 'knowledge'이다. 그러나 알기만 하는 것은 우리를 더 깊숙한 동굴 속에 가두게 될 것이다. 세상 밖으로 나가 모든 이와 더불어(with) 살아가는 존재(being), 즉 공존재(with being)가 되기 위해서는 지혜로움 즉, 현명(wise)함이 있어야 한다.

평생교육론자인 드로우즈는 네 가지 보물을 강조한다. 알기 위한 학습(learning to know), 행하기 위한 학습(learning to do), 함께 살기 위한 학습(learning to be together), 존재하기 위한 학습(learning to be). 이 네 가지에서 공존재와 관련되는 것이 함께 살기 위한 학습과 존재하기 위한 학습이다.

참되고 바른 세상을 위해 누구든 자신만의 독단의 세계(동굴 안)에 빠지지 말고 진정한 진리의 세계로 눈을 돌려야 한다. 동굴에서 나와야 한다.

빵이 사람을 지배한다

책으로 공산주의를 배우면 공산주의자가 되고 몸으로 공산
주의를 배우면 반공주의자가 된다.

─ 스베틀라나 스탈리나(스탈린의 딸)

일찍이 데카르트(Descartes; 철학자, 1596~1650)는 육체와 영
혼을 분리하였다. 실체는 딱 두 가지로 구분된다고 보았다.
공간을 차지하는 물질적인 것과 생각하는 정신적인 것으로
나누었다.

인간, 돌, 산, 나무 등은 공간을 차지하는 것이고 마음, 영
혼, 신 등은 공간을 차지할 수는 없지만 생각은 할 수 있는
것이다. 그런데 이렇게 둘로 쪼개 놓고 보니 문제가 생기기
시작한다.

내가 좋아하는 여인에게 키스를 할 '생각'으로 '입술을 삐

죽 내밀'었다. 여기서 데카르트식 설명이 곤란해진다. '생각'과 '입술을 내민 행위'를 따로 분리시키면 생각과 행위를 어떻게 연결시킬 수 있느냐 하는 문제가 생긴다. 이를 해결하기 위해 아주 우스꽝스러운 '송과샘'을 이야기한다. 우리 뇌 속 송과샘에서 정신(생각)과 물질(입술 내민 행위)이 만나게 되어서 이어진다고 한다. 말도 안 되는 소리이다.

데카르트의 이런 생각은 훗날 정신과 물질을 나눌 수 없다고 주장으로 발전하게 된다. 물질적 작용에 의해 정신이 지배를 받는다(유물론)는 주장과 정신적인 것이 본래의 것이고 물질적인 것은 정신적인 것으로부터 나왔다(유심론)는 주장이 등장한다.

이 글에서는 마르크스의 유물론 견해에서 이야기하고자 한다. 마르크스의 눈에서 볼 때 자본주의는 물질(돈)이 정신 세계를 지배하고 있다. 즉, 자본주의는 하부구조(경제, 물질)가 상부구조(정신)을 지배하고 있는 것인데, 이를 경제결정론이라 한다. 자본주의 사회에서 결국 경제가 사회, 문화, 교육, 정치 등을 지배하고 있다는 것이다.

그렇다 보니 자본주의의 학교도 중상류계층(부르주아)의 경제에 지배당하고 그들의 문화에 지배당하게 된다. 이를 경제적 재생산론, 문화적 재생산론이라 한다. 그리하여 피지배계층(프롤레타리아) 자녀들의 학업성취도는 뚝뚝 떨어진다고 본다.

필자가 마르크스주의자는 아니지만 마르크스이론이 필요하다고 생각하는 이유는 현대사회의 병폐적 문제를 비판적 시각으로 바라볼 수 있게 했다는 점과 그 시각을 통해 문제를 바로잡으려 했다는 점이다. 종전의 교과서를 살펴보면 아내는 설거지를 하고 남편은 텔레비전이나 신문을 보는 장면이 실려 있다. 이런 교과내용을 공부한 사람들은 의식 속에 '아, 남자는 저렇게 해야 하고 여자는 저렇게 해야 하는구나" 하는 스테레오타입(Stereotype)이 형성된다. 결국은 남성 중심의 사회, 여성은 수동적이고 종속적인 인물로 특징지어지게 된다.

마르크스의 이론을 받아들인 네오마르크시즘(Neo-Marxism)은 이런 문제에 대해 비판함으로써 교과서 내용의 잘못된 점을 바로잡는다. 그리하여 오늘날 교과서에는 '아내가 설거지 할 때 남편은 청소를 하는 모습'이 실려 있다.

돈(경제)과 사랑(정신)으로 놓는다면 돈이 사랑을 지배하는 자본주의의 못된 행태를 마르크스가 꼬집은 것이 아닐까? IMF 시절에 그렇게 죽고 못 살아 결혼했던 사람들이 경제적 타격을 받자 이혼하는 것이 이에 대한 반증이 아닐까? 돈으로 사랑을 사고파는 자본주의에서 영혼의 고귀성을 찾기 위해서라도 인문학이 필요하다.

하부구조가 상부구조를 지배한다는 점에서 필자는 역발상을 해보고자 한다. 역발상으로 경제적 풍요로움에서 정신의 고귀성 발휘로 생각해 보고자 한다. 물질적으로 풍요로운 사람이 정신적으로도 풍요롭다. 이 정신적 풍요로움으로 '나눔과 베풂'이 이루어진다면 마르크스의 이론도 수정되어야 하지 않을까?

우스운 이야기이지만 마르크스의 신봉자들도 그들 자식은 외국으로 유학을 보내고 카푸치노를 즐기고 햄버거를 사랑한다. 마르크스주의는 현시대에서 필요악이다. 역발상적 마르크스주의자가 되는 것은 어떨까?

홀리스틱(Holistic)과 인간관계
−위드(With) 운동을 전개하며

'함께'는 '우리'이며 '나의 울타리'이다.   −김정겸

홀리스틱(Holistic)이라는 단어는 'integrated(통합적인)', 'complete(완전한)'의 의미를 갖고 있다. 홀리스틱이 나오게 된 배경은 인본주의 심리학자들이 서양이 지능지수(IQ) 중심의 합리적 세계관만을 추구하다보니 감성지수(EQ)가 부족하다는 것을 깨닫기 시작하면서부터이다.

감성지수는 동양에서 중시하는 요소이다. 동양 사람은 합리적이기보다는 정의적이다. 돌과 동물 등 모든 자연물에 영혼이 깃들어 있다는 생각을 하기 때문에 자연물에 대해 절을 하고 기원을 한다. 그러나 서양은 합리적이기 때문에 자연을

이용의 대상으로 보아 개발한다.

서양의 합리적 사유 끝에 오는 것은 인간소외 현상이다. 합리적 사유는 자연 파괴를 야기해 그 결과 먹이사슬의 최종 소비자인 우리에게 '이타이이타이병', '미나마타병'이라는 재앙을 주었다. 결국 자연파괴는 인간파괴를 가져 오게 되었다. 이것이 서양의 합리적 사고의 결과이다. 지능지수만 높은 것은 괴물이다. 무엇이든지 적절한 조화를 갖추어야 하므로, 지능지수에 감성지수를 더하면 전인적인 인간을 형성할 수 있다.

감성지수는 동양의 힘이었다. 따라서 제3의 심리학자(인본주의자)는 동양의 감성지수를 적극적으로 도입하여 지능지수와 감성지수의 조화를 꾀하기에 이르렀다.

카오스(혼돈) 끝에 오는 것이 코스모스(조화)이다. 혼돈이 갈등을 초래하고 그 갈등은 모든 조직이나 인간을 와해시킨다. 카오스를 코스모스로 전환할 수 있는 것은 '위드(With)'이다. '~와 의사소통을 하다(communicate with)', '~와 조화롭게 하다(harmony with)' 모두 with를 내포하고 있다. 나란히 함께 함으로써 우리는 행복을 추구할 수 있다. '앞으로 나란히'는 서열화시킴으로써 군국주의적 사유를 하게 한다. '옆으로 나란히'는 with의 사유이다. 옆으로 나란히 서로에 대한 배려를 하여 조화를 추구함으로써 갈등·전쟁이 없는 세상이 된다.

원효의 한마음(一心)사상은 홀리스틱이다. 부부가 한마음이면 싸움을 하지 않는 것처럼 남북한 모두 한마음을 가지면 갈등 없이 평화롭고 조화로운 세상을 전개하게 될 것이다.

한마음은 '공감(sympathy)'을 갖게 한다. 공감(sympathy)이라는 단어에서 'sym-'은 종합을 한다는 의미이다. 구세대와 신세대간의 'sym-', 남북한간의 'sym-', 상사와 부하간의 'sym-'은 갈등을 좁혀 줄 것이다. 물론 변증법적인 합일이 이루어져야 한다. 이분법적인 논쟁은 갈등과 불협화음을 일으켜 사이의 간격을 좁혀줄 수 없다.

간격 즉, 거리를 줄이기 위한 방법은 만남과 대화에 있다. 내가 너의 위에 군림하는 '앞으로 나란히'가 아닌 '옆으로 나란히'에서의 많은 대화가 너와 나의 차이를 줄여 준다. 앞으로 나란히는 차별이다. 상대평가는 개인차를 변별하기 위해 사용한다. 지적 귀족주의를 야기한다. 이를 막기 위해 절대평가로의 이행이 이루어지고 있다. 절대평가는 옆으로 나란히이다. '차별'이 아니라 '차이'로의 진행이 될 수 있는 근거는 with이다. with는 모든 것을 합(合)하는 것이다. 이 합이 영어로 'sym-'이다. 조화이다.

지금은 갈등의 시대이다. 미국과 중동과의 갈등, 우리나라와 북한과의 갈등, 우리나라와 일본과의 갈등, 더 좁히자면 부자간의 갈등, 고부간의 갈등, 상사와의 갈등 등…….

갈등을 해결할 수 있는 유일한 방법은 '함께(with)'이다. 함께 밥을 먹자. 함께 이야기하자. 함께 같은 곳을 바라보자. 함께 걸어가자.

우리 모두 옆으로 나란히.

영혼과 육체

자신의 몸, 정신, 영혼에 대한 자신감이야말로 새로운 모험, 새로운 성장방향, 새로운 교훈을 계속 찾아 나서게 하는 원동력이며, 바로 이것이 인생이다.   -오프라 윈프리

자신의 몸과 정신과 영혼의 가치는 얼마일까? 세 가지를 전부 하나로 볼 때, 그 가치는 높아진다. 상품도 부분보다는 종합되어 여러 기능을 가질 때 가치가 높아지는 것처럼 말이다.

자신의 가치에 대해 긍정적인 느낌을 가질 때 자아 자신감이 높아진다. 이 자신감은 나로 하여금 새로운 모험을 하게해 주는 원동력이다. 자신감은 나를 새롭게 성장하게 하는 동력이다. 세계는 빠른 속도로 변화하고 있다. 이에 발맞추어 내가 준비되지 않는다면 나의 미래는 불투명해진다. 나의

삶을 충만하게 할 미래를 위해 갖추어야 할 원동력은 무엇일까? 이는 몸, 정신, 영혼일 것이다.

'몸'이란 영혼이 체화된 것이다. 몸은 영혼의 실행을 수행하는 기구이다. 따라서 몸은 두 가지 면에서 건전해야 한다.

첫째, 몸은 그 어떠한 규율이나 규제에 의해 제한받으면 안 된다. 푸코는 규율이나 훈육으로 몸 길들이는 것을 경계했다. 몸이 규율이나 규제에 의해 길들여지면 영혼이 자유롭지 못하게 된다. 자유롭지 못한 영혼은 창의적이지 못하다. 따라서 소크라테스도 영혼의 자유를 위해 죽을 준비가 되어야 한다고 했다. 이는 자살을 하라는 말이 아니라 영혼의 자유를 소생시켜야 한다는 것이다.

둘째, 몸은 건강해야 한다. 몸과 정신은 분리될 수 없는 것이다. 건전한 신체 속에 건전한 정신이 깃든다. 신체적으로 건장하지 못한 자는 건전한 정신과 생각을 갖지 못한다. 건전한 정신을 갖고 있지 못하기 때문에 마약, 술 등을 탐닉하게 되고 그럼으로써 신체가 망가진다. 정신의 파멸이 곧 신체의 파멸이고, 신체적으로 파멸된 자는 우울한 사고를 하게 되어 악의 구렁텅이로 빠져들게 된다.

정신은 생각이다. 영혼과는 다르다. 생각이란 인지적 행위를 이끌 수 있는 원동력이다. 몸의 지배자는 생각이다. 생각과 관계없이 일어나는 무의식적 행동은 충동이다. 충동은 인간적 행위가 아니라 동물적 행위이다. 따라서 우리가 경계해야 할 부분이다.

정신은 언어적으로 표현하기도 하고 행동으로 표현하기도 한다. 몸짓언어(Body language)는 그래서 중요하다. 상대방의 신체적 언어는 그 사람의 정신(생각)을 나타내는 것이기 때문에 주의를 기울이고 배려해 주어야 할 부분이다.

영혼은 몸과 정신을 총괄하는 지휘자이다. 포함관계로 보자면 정신은 몸을, 영혼은 육체를 포괄한다. 영혼이란 영적인 것이다. 정신이 인식론적 차원이라면 영혼은 형이상학적 차원이다. 형이상학은 우리를 지탱해 주는 기둥이다. 영혼은 우리를 항상 정방향으로 움직이게 하는 동력을 갖고 있다. 생각 뒤에 서서 우리의 모든 행위를 가치 있게 해 주는 지휘자이다. 따라서 맑은 영혼의 소유자는 해처럼 밝고 달처럼 영롱하고 호수처럼 깨끗하고 깊다. 맑은 영혼은 세상을 살만하게 만들어 준다.

이제 우리 자신의 몸, 정신, 영혼을 돌보아야 할 때이다. 영혼의 찬란함으로 성장할 수 있도록 해야 하겠다. 찬란한 영혼은 내가 성장할 수 있는 원동력이 되는 것이다. 내 영혼의 주체는 나이다. 내가 다른 사람과 다른 이유는 나만의 영혼을 갖고 있기 때문이다. 어떤 영혼의 소유자냐에 따라 나의 행위 자체의 가치가 달라질 것이다.

이제 살만한 세상을 위해 위대한 영적인 만남이 필요할 것 같다.

이데아(Idea)와 고기토(Cogito)

생각하고 또 생각하니 이 또한 기쁘지 아니한가? 어찌할까 어찌할까 하고 깊이 생각하지 않는 사람은 나도 어찌할 수 없다.
— 『논어』 위정공

'책상 위의 사과는 빨갛다' 라고 했을 때 이 명제를 경험적 진리라고 한다. 왜냐하면 사과가 오랜 시간이 흘러 시들고 썩어 버리면 더는 '빨갛다' 라고 할 수 없기 때문이다. 따라서 경험적 진리는 믿을 수 없는 우연적 진리인 것이다.

플라톤은 세상을 크게 두 개로 나누어 본 이원론자이다. 하나는 감각적이고 변화무상한 현실의 세계이고 다른 하나는 현실의 세계 너머에 있는 이데아 세계이다. 이 이데아 세계는 현실 세계처럼 변화하지 않는, 참된 진리의 세계이다. 눈앞에 보이는 '책상 위의 빨간 사과' 는 현실 세계에 있는 사과로 세월이 가면 바뀌게 되는 것이다. 이는 참된 진리가 될 수 없기 때문에 경험적 진리이다. 그렇다면 진짜 사과는 어디에 있단 말인가? 그 사과는 머릿속에 있다.

이데아 세계라고 하면 어려운 말처럼 들린다. 그래서 철학을 어렵게 생각하고 공부하기를 꺼려한다. 그러나 정확한 개념만 안다면 무척 쉬운 것이고, 이를 통해 삶의 지혜를 얻을 수 있다.

이데아라는 단어는 영어 'idea'에서 온 것이다. 플라톤의 영향을 받은 데카르트(Descartes)나 칸트(Kant) 같은 사람을 관념론(Idea+l+ism)자라고 하는 이유도 여기에 있다. 관념(觀念)이란 단어도 '생각(念)'으로 '본다(觀)'는 뜻으로, 생각(idea)에서 온 것이다.

플라톤에게 있어서 참된 진리의 세계는 이데아 세계에 있다. 눈을 감고 머릿속으로 사과를 생각(idea)해 보자. 머릿속(念)에 둥그런 사과(觀)가 떠오를 것이다. 이 사과가 갖고 있는 속성 즉, 빨간 색 새콤달콤한 맛 등은 죽을 때까지 변하지 않는 것이다. 이것이 플라톤이 말하는 참된 진리의 세계라고 하는 것이다.

경험적 진리와 구별해서 볼 수 있는 진리를 선험적 진리라고 한다. 선험(先驗)적이라는 말은 경험(驗) 이전(先)이라는 것으로 경험적 진리와 구별될 수 있다. 선험적 진리는 우연적 진리와는 상반되기 때문에 필연(必然)적 진리가 된다. 선험적 진리는 '2+3=5'와 같은 수학적 진리이며, 우연적일 수 없고 반드시 꼭(必) 그렇다(然)는 것이다.

데카르트는 확실한 앎을 위해 모든 것을 의심해보는 방법적 회의를 한다. 제일 먼저 의심해 보는 것이 앞서 말한 감각적이고 경험적인 것들이다. 이 감각적이고 경험적인 것들은 우리를 속이고 있기 때문에 모든 것을 의심해 보아야 한다. 이렇게 모든 것을 의심해 보는데, 딱 한 가지는 절대 의심할 수 없다. 이렇게 모든 것을 의심하고 있는 자기 자신은 의심의 여지없이 존재하고 있다는 것이다. 따라서 '나는 생각한다. 그러므로 존재한다(Cogito ergo sum)'라는 위대한 명제가 탄생한다. 모든 것을 의심하는 과정에서도 '생각하고 있는 나'가 없다면 의심 그 자체도 의심을 받게 되는 것이다.

우리는 눈앞에 있는 것만 믿고 그것이 참된 것이라고 생각한다.

저 앞에 키 크고 청치마를 입고 예쁜 운동화를 신은 긴 머리 소녀는 감각적으로 보이는 현상일 뿐 그 소녀의 참된 모습은 아닐 것이다.

현란한 혀 놀림으로 우리를 현혹케 하는 그들의 이야기는 진정한 이야기인가?

인간을 수단으로 대할 것인가 목적으로 대할 것인가?

이는 독자의 몫으로 남겨 두기로 한다.

중용(中庸)은 아름답다

중용은 네가 되어 보는 것이다.　　　　　　　　－김정겸

　　아리스토텔레스의 중용(中庸)사상은 현대를 살아가는 우리 인생에 큰 지침서가 된다. 『중용』은 『논어』, 『맹자』, 『대학』과 함께 사서로 불리는 유학의 핵심적 가치를 담고 있는 철학서이다.

　　한쪽으로 치우치지도 모자라지도 않는 것이 '중(中)' 이요, 늘 평상심을 유지하는 것이 '용(庸)' 이다. 『논어』에는 '과유불급(過猶不及)' 이라는 말이 있다. 이는 중용이라는 덕성을 설명하기 위한 말이다. 중(中)이라는 말은 '가운데' 라는 뜻이 아니다. 무엇인가에 딱 들어맞는다는 뜻이다. 적중(的中)이라고 할 때의 '中'과 의미가 같다. 따라서 과유불급(過猶不及)은 무엇이든지 딱 들어맞아야 한다는 것이다.

덕성(德性)과 관련하여 아리스토텔레스의 중용을 살펴보기로 하자. 아리스토텔레스는 인격교육을 중요시하는데 이 인격교육은 덕성을 함양하는 것이라 본다. 덕은 지성(知性)적 덕과 품성(品性)적 덕으로 나누어 볼 수 있는데, 품성적 덕을 통해 중용에 이를 것을 강조한다. 아리스토텔레스에게 있어 중용은 행복으로 가는 지름길이다. 그런데 그 '행복은 우리 자신에게 달려있다'고 말한다. 즉, 우리 자신이 이성도야를 충분히 하여 중용에 이를 때 행복이라는 목적에 도달한다는 것이다. 이성도야를 통한 중용의 실현이 행복이다.

막말 정치인, 개념 없는 정치인, 그들은 행복할까? 아리스토텔레스에 의하면 전혀 '아니올시다'이다. 그 이유는 냉철한 이성 훈련을 통한 품성적 덕을 육성하지 못했기 때문이다. 아리스토텔레스의 말처럼 철학을 통한 이성도야를 했다면 타인의 가슴에 못을 박는 매몰찬 말을 하지 않을 것이다. 이성도야를 통한 개념의 훈련이 있었다면 '나와 너'를 구별할 수 있을 것이다.

이와 같은 지적에 반기를 드는 사람이 있다면 그는 플라톤의 동굴의 비유처럼 '동굴 속의 죄수'나 마찬가지이다. 동굴 속의 벽면에 비추어진 자신의 그림자인 허상을 자신의 진짜 모습이라고 우기는 억견을 가진 어리석은 자이다. 우리 모두가 '막말과 비개념'을 보편적이고 상식적이라고 말하지 않기 때문이다.

원효의 말처럼 막말과 비개념적인 사고의 소유자들은 깨달은 자(覺者)가 아니다. 깨달은 자가 진정으로 행복한 자이다. 원효는 동굴 속에서 잠을 자다가 갈증이 나서 머리맡에 있는 바가지 물을 시원하게 마시고 갈증을 해결했다. 다음날 행장을 차려 길을 떠나기 위해 주변을 정리하다가 잠결에 마신 물이 해골바가지의 물이었다는 사실을 알고는 그 자리에서 토하기 시작했다.

그 순간 원효는 깨달았다. '아! 모든 것은 마음먹기에 달려 있구나(일체유심조[一切唯心造])!' 자기가 시원하다고 느꼈을 때 물맛은 꿀맛이었다. 그러나 그 물이 더러운 물이라는 것을 알고부터 토하기 시작한 것이다.

원효에게 있어 중용은 깨달은 자 즉, 중도인(中道人; 도에 딱 들어맞는 행위를 하는 자)이 갖고 있는 덕성으로 본다. 원효의 중용은 이런 의미에서 화쟁(和諍)사상과 맥을 같이한다. 화쟁은 배려와 합의의 홀리스틱적 견해이다. 즉, 적절한 균형을 뜻한다.

물론 아리스토텔레스의 중용은 이성적 힘의 도야를 통한 것이다. 수학적 중용(golden mean; 황금비)이다. 따라서 주지주의적 이성과 확실성을 통한 중용이다. 그러나 원효의 중용은 일심(一心)을 통한 화쟁에서 발견되는 것이다.

　삶의 지혜를 중용에서 찾아야 한다. 중용을 지킨다는 것은 어렵다. 중용은 정의(justice)이다. 옳음과 그름을 정확하게 구별할 수 있는 이성(맹자의 사단 중 지[智]; 시비지심[是非之心])의 발휘가 정의이다. 롤즈(John Rawls; 철학자, 1921~2002)에게 있어 정의란 반성적 균형이다.

　원칙만을 고수할 것인가? 아니면 상황만을 고수할 것인가? 원칙과 상황 사이의 대화를 통한 변증법적 발전이 바로 반성적 균형이다. 극단적 보수도 위험하고 극단적 진보도 위험하다. 각자 자신의 아집과 편견에서 벗어나 변증법적 균형으로 나갔으면 한다.

담쟁이
인문학